Kleine Diogenes Taschenbücher 70132

de
te
be

Paulo Coelho

# *Der Wanderer*

*Geschichten und Gedanken*

*Ausgewählt von*
*Anna von Planta*
*Aus dem Brasilianischen von*
*Maralde Meyer-Minnemann*

Diogenes

Die hier versammelten Geschichten und Gedanken
sind eine Auswahl der von Paulo Coelho
unter dem Titel ›Maktub‹ seit 1994
in den größten brasilianischen Tageszeitungen
(›Folha de São Paulo‹, ›O Dia‹, ›Jornal da Bahia‹,
›Tribuna de Vitoria‹) publizierten Kolumnen

Paulo Coelho: www.paulocoelho.com.br
Umschlagfoto von Steve Kaufman

*Für Nha Chica,*
*Patrícia Casé, Edinho und*
*Alcino Leite Neto*

*Deutsche Erstausgabe*


www.diogenes.ch
300/03/51/7
ISBN 3 257 70132 2

*Ich preise Dich, Vater, Herr des Himmels und der Erde, daß Du solches den Weisen und Klugen verborgen und es den Unmündigen geoffenbart hast.*

Lukas, 10:21

*Inhalt*

## *Niederlagen und Erfahrungen*

Der Meister sagt:

»Wenn wir ahnen, daß die Zeit für eine Veränderung gekommen ist, beginnen wir unbewußt, all unsere Niederlagen bis zu diesem Augenblick wie auf einem Video vor unserem inneren Auge an uns vorbeiziehen zu lassen.

Je älter wir werden, desto größer wird natürlich die Anzahl der Niederlagen. Doch mit ihnen ist auch unsere Erfahrung darin gewachsen, wie diese Niederlagen zu überwinden sind und wie man einen Weg finden kann, der uns weiterführt. Auch dieses Band sollten wir in unseren geistigen Videorecorder einlegen.

Sehen wir nur das Video mit den

Niederlagen an, lähmt uns das. Sehen wir uns nur das Video mit unseren Erfahrungen an, glauben wir am Ende, daß wir weiser sind, als es tatsächlich der Fall ist.

Wir brauchen beide Videos.«

## *Vom Umgang mit Versuchungen*

Ein Fremder suchte den Abt des Klosters Sceta auf.

»Ich möchte ein gottgefälligeres Leben führen«, sagte er. »Aber ich kann nicht aufhören, sündigen Gedanken nachzuhängen.«

Der Abt bemerkte, daß draußen ein kühles Lüftchen wehte, und sagte zum Fremden:

»Hier drinnen ist es so heiß, könnten Sie nicht hinausgehen und etwas kühlen Wind hereinholen?«

»Das ist unmöglich«, sagte der Fremde.

»Genauso unmöglich wie aufzuhören, Gedanken zu haben, die Gott beleidigen könnten«, antwortete der

Mönch. »Doch wenn es Ihnen gelingt, nein zu den Versuchungen zu sagen, werden sie Ihnen nicht schaden.«

## *Entscheiden und mit den Konsequenzen leben*

Der Meister sagt:

»Wenn eine Entscheidung ansteht, solltest du sie treffen und mit den Konsequenzen leben. Du kannst im voraus nicht wissen, wie diese Konsequenzen aussehen werden.

Alle Weissagungskünste sind dazu geschaffen worden, dem Menschen Ratschläge zu erteilen, niemals aber dazu, die Zukunft vorauszusagen. Sie sind ausgezeichnete Ratgeber, aber schlechte Propheten.

In einem der Gebete, die uns Jesus gelehrt hat, heißt es: ›Dein Wille geschehe.‹

Wenn dieser Wille ein Problem mit

sich bringt, so trägt er auch dessen Lösung in sich.

Wenn die Wahrsager tatsächlich die Zukunft voraussehen könnten, wären alle Wahrsager reich, verheiratet und glücklich.«

## *Eigenverantwortung*

Der Schüler näherte sich dem Meister: »Seit Jahren suche ich die Erleuchtung«, sagte er. »Ich fühle, daß sie nicht mehr weit ist. Ich möchte wissen, welchen Schritt ich als nächsten tun soll.«

»Und wie erwirbst du deinen Lebensunterhalt?« fragte der Meister.

»Noch habe ich nicht gelernt, mich selbst zu ernähren. Mein Vater und meine Mutter unterstützen mich. Aber das tut doch hier nichts zur Sache.«

»Der nächste Schritt besteht darin, daß du eine halbe Minute lang in die Sonne blickst«, sagte der Meister. Der Schüler gehorchte. Als die Zeit um war, bat der Meister den Schüler, er möge ihm das Feld um sich herum beschreiben.

»Ich kann es nicht sehen, die Helligkeit der Sonne hat meinen Blick getrübt«, antwortete der Schüler.

»Ein Mensch, der nur das Licht sucht und die Verantwortung für sich selbst anderen überläßt, wird die Erleuchtung nicht finden. Ein Mensch, der in die Sonne starrt, wird am Ende blind«, sagte darauf der Meister.

## *Macht Glauben unfrei?*

Auf seiner Wanderung durch ein Tal in den Pyrenäen traf ein Mann auf einen alten Hirten. Er teilte sein Essen mit ihm, und sie saßen lange beieinander und sprachen über das Leben.

»Wenn ich an Gott glauben würde«, sagte der Wanderer, »hieße das für mich auch, daß ich mich damit abfinde, unfrei zu sein, denn dann würde Gott einen jeden meiner Schritte bestimmen.«

Da führte ihn der Hirt an eine Schlucht, deren Wände jedes Geräusch klar und deutlich als Echo zurückwarfen.

»Das Leben sind diese Wände, und das Schicksal ist der Schrei jedes einzelnen von uns«, sagte der Hirt. »Das, was wir tun, wird zu seinem Herzen aufsteigen und unverändert zu uns zurückkehren. Gottes Handeln ist das Echo unserer Taten.«

## *Von müßigen Gedanken*

Der Schüler sagte zum Meister:

»Ich habe den größten Teil des Tages damit verbracht, über Dinge nachzudenken, über die ich nicht nachdenken sollte, mir Dinge zu wünschen, die ich mir nicht wünschen sollte, Pläne zu schmieden, die ich nicht schmieden sollte.«

Der Meister lud den Schüler ein, ihn auf einen Spaziergang im Wald hinter seinem Haus zu begleiten. Er zeigte auf eine Pflanze am Wegrand und fragte den Schüler, was für eine Pflanze das sei.

»Belladonna«, sagte der Schüler. »Sie tötet jeden, der ihre Blätter ißt.«

»Aber sie kann niemanden töten, der

sie einfach nur ansieht«, sagte der Meister. »Ebensowenig können verwerfliche Wünsche dem etwas anhaben, der sich nicht von ihnen verführen läßt.«

## *Kein Feuer ohne Rauch oder Vom Wert der Eigenerfahrung*

Eines Nachts setzte sich der Meister mit seinen Schülern zusammen und bat sie, ein Feuer anzuzünden.

»Der spirituelle Weg gleicht dem Feuer, das vor uns brennt«, sagte er. »Der Mensch, der es anfachen will, muß den anfänglichen Rauch in Kauf nehmen, der einem das Atmen erschwert und Tränen in die Augen treibt.

Brennt das Feuer jedoch einmal, verschwindet der Rauch, und die Flammen erleuchten alles ringsum, schenken uns Behaglichkeit und Frieden.«

»Aber es könnte doch jemand anderes das Feuer für uns anfachen«, meinte einer der Schüler. »Und jemand uns zeigen, wie man es anstellt, daß kein Rauch entsteht.«

»Tut er dies, ist er ein falscher Meister. Er kann das Feuer hintragen, wohin er will, oder es löschen, wann er will. Da er aber niemanden gelehrt hat, wie es angezündet wird, kann es gut sein, daß alle im Dunkeln bleiben.«

## *Das Tor durch die Unmöglichkeit*

»Wenn du dich auf deinen Weg machst, wirst du an eine Tür kommen, an der ein Satz geschrieben steht«, sagt der Meister.

»Komm zu mir zurück und sage mir, wie dieser Satz lautet.«

Eifrig macht sich der Schüler auf die Suche.

Eines Tages sieht er die Tür und kehrt zum Meister zurück.

»Am Anfang des Weges stand geschrieben: *Es ist unmöglich*«, berichtet er.

»Wo stand das?« fragt der Meister. »An einer Wand oder an einer Tür?«

»An einer Tür«, antwortet der Schüler.

»Nun, dann packe die Türklinke und öffne die Tür.«

Der Schüler gehorcht. Da der Satz an der Tür steht, bewegt er sich mit ihr. Als die Tür ganz offen ist, kann er den Satz nicht mehr sehen – und setzt seinen Weg fort.

## *Der erste Schritt auf dem spirituellen Weg*

Ein Mann beschloß, einen Eremiten aufzusuchen, der in der Nähe des Klosters Sceta lebte. Nachdem er lange durch die Wüste gewandert war, traf er schließlich auf den Mönch.

»Ich will wissen, welches der erste Schritt ins spirituelle Leben sein muß«, sagte er.

Der Eremit führte ihn an einen kleinen Brunnen und bat ihn, sein Spiegelbild im Wasser zu betrachten. Der Mann gehorchte, doch der Eremit warf kleine Steine ins Wasser, worauf sich die Wasseroberfläche bewegte.

»Ich kann mein Gesicht nicht deutlich sehen, wenn Ihr Steine ins Wasser werft«, sagte der Mann.

»Ebensowenig wie es einem Menschen möglich ist, sein Gesicht im aufgewühlten Wasser zu sehen, kann er Gott suchen, wenn sein Geist einzig und allein auf die Suche fixiert ist«, sagte der Mönch. »Dies ist der erste Schritt.«

## *Vom Daumenlutschen und von anderen Lastern*

Ein 32jähriger Patient suchte den Therapeuten Richard Crowley auf:

»Ich kann einfach nicht mit dem Daumenlutschen aufhören«, sagte er.

»Machen Sie sich darüber keine Sorgen«, beruhigte ihn Crowley. »Lutschen Sie einfach jeden Tag an einem anderen Finger.«

Von da an mußte sich der Patient jedesmal, wenn er die Hand zum Mund führte, bewußt für einen Finger entscheiden, der an diesem Tag dran sein sollte. Die Woche war noch nicht um, da war er geheilt.

»Wenn ein Laster zur Gewohnheit wird, ist es schwierig, mit ihm umzugehen«, meinte Richard Crowley. »Doch wenn es von uns eine neue Haltung, neue Entscheidungen, eine Wahl verlangt, wird uns bewußt, daß es diese Anstrengung nicht wert ist.«

## *Das Ende der Angst*

Zwei Rabbiner lassen nichts unversucht, um den Juden in Nazi-Deutschland geistlichen Beistand zu geben. Zwei Jahre lang leben sie in ständiger Angst, gefaßt zu werden, und zwei Jahre gelingt es ihnen, ihren Verfolgern zu entkommen und in verschiedenen Gemeinden Gottesdienste abzuhalten.

Am Ende werden sie doch gefangengenommen. Der erste Rabbiner betet in einem fort, aus Angst vor dem, was ihm bevorsteht. Der zweite schläft den ganzen Tag.

»Warum schläfst du?« fragt der ängstliche Rabbiner.

»Um bei Kräften zu bleiben. Ich

weiß, daß ich sie noch brauchen werde«, sagt der andere.

»Aber hast du denn keine Angst? Wer weiß, was sie mit uns vorhaben.«

»Ich hatte Angst bis zu dem Augenblick, in dem wir gefangengenommen wurden. Die Zeit der Angst ist zu Ende; jetzt beginnt die Zeit der Hoffnung.«

## *Vom Christus- und vom Zirkuskind*

Unsere Heilige Muttergottes stieg einst mit dem Jesuskind im Arm zur Erde nieder, um ein Kloster zu besuchen.

Die Mönche standen freudig aufgereiht da, um ihr ihre Ehrbezeugungen entgegenzubringen. Einer rezitierte Gedichte, ein anderer zeigte Buchmalereien, ein weiterer sagte die Namen der Heiligen auf.

Am Ende der Reihe stand ein einfacher Pater, der nicht das Glück hatte, bei den Weisen seiner Zeit gelernt zu haben. Seine Eltern waren Zirkusartisten gewesen. Als er an die Reihe kam, wollten die Mönche ihre Ehrbezeugungen abbrechen, weil sie befürchteten, er könnte ihr Kloster blamieren.

Doch er ließ sich nicht beirren und huldigte der Heiligen Jungfrau auf seine Weise. Unter den tadelnden Blicken der Brüder zog er schüchtern einige Orangen aus der Tasche und begann mit ihnen zu jonglieren, wie es ihn seine Eltern im Zirkus gelehrt hatten.

Erst da lächelte das Jesuskind und klatschte vor Freude in die Händchen. Und nur ihm streckte die Heilige Jungfrau die Hände entgegen, und nur er durfte ihren Sohn eine Weile auf dem Arm halten.

## *Überrasche dich selbst!*

Versuche nicht immer vernünftig und konsequent zu sein. Schließlich hat Paulus schon gesagt: Dieser Welt Weisheit ist Torheit vor Gott.

Immer vernünftig zu sein bedeutet, stets eine zu den Socken passende Krawatte zu tragen. Es bedeutet, morgen die Meinung von gestern zu vertreten. Und die Erde – bewegt sie sich etwa nicht?

Sei ruhig inkonsequent, ändere deine Meinung, es steht dir zu, du brauchst dich dafür nicht zu schämen, solange niemand dadurch zu Schaden kommt. Was die anderen denken könnten, ist gleichgültig, sie denken sich ohnehin, was sie wollen. Bleib gelassen. Laß das

Universum um dich kreisen, genieße es, über dich selbst überrascht zu sein. Welcher sich dünkt, weise zu sein, der werde ein Narr, sagt Paulus.

## *Aus der Reihe tanzen*

Der Meister sagt:

»Heute wäre ein guter Tag, um etwas Außergewöhnliches zu tun. Zum Beispiel auf dem Weg zur Arbeit auf der Straße tanzen. Einem oder einer Unbekannten in die Augen schauen und von Liebe auf den ersten Blick sprechen. Dem Chef gegenüber eine Idee vorbringen, mit der wir uns vielleicht lächerlich machen, an die wir jedoch glauben. Ein Instrument kaufen, das wir schon immer spielen wollten, aber nicht wagten.

Die Krieger des Lichts gestehen sich solche Tage zu.

Wir können den Tag auch dazu benutzen, um alte Wunden zu lecken, die immer noch weh tun. Wir können jemanden anrufen, den nie wieder anzurufen wir uns geschworen haben (obwohl wir uns über eine Nachricht auf unserem Anrufbeantworter riesig gefreut hätten). Heute könnte ein Tag sein, der nicht ins Pensum paßt, das wir jeden Morgen aufsetzen. Heute ist jeder Fehler erlaubt und verziehen. Heute ist ein Tag der Lebensfreude.«

## *Von mutigen Schritten oder Von ganzen und halben Sachen*

Der heilige Antonius lebte in der Wüste, als ein Jüngling zu ihm trat.

»Vater, ich habe alles, was ich besaß, verkauft und den Armen gegeben. Nur ein paar Dinge habe ich behalten, die mir helfen sollen, hier zu überleben. Ich bitte Euch, mir den Weg zur Erlösung zu zeigen.«

Der heilige Antonius bat den Jüngling, die wenigen Dinge, die er behalten hatte, ebenfalls zu verkaufen und mit dem Geld in der Stadt Fleisch zu erstehen. Auf dem Rückweg solle er das Fleisch an seinem Körper festbinden.

Der Jüngling gehorchte. Auf dem Rückweg wurde er von Hunden und

Falken angefallen, die sich jeder ein Stück von dem Fleisch schnappen wollten.

»Hier bin ich wieder«, sagte der Jüngling und wies auf seinen zerkratzten Körper und die zerfetzten Kleider.

»Wer einen neuen Schritt tut und noch ein bißchen vom alten Leben beibehalten will, wird am Ende von der eigenen Vergangenheit zerfetzt«, war der Kommentar des Heiligen.

## *Die Segnungen des Tages*

Der Meister sagt:

»Lebe alle die Segnungen, die Gott dir heute gegeben hat. Segnungen können nicht angespart werden. Es gibt keine Bank, in die wir die erhaltenen Segnungen einzahlen können, um sie nach unserem Willen aufzubrauchen. Wenn wir diese Segnungen nicht nutzen, werden wir sie unwiederbringlich verlieren.

Gott weiß, daß wir Künstler sind, die das Leben formen. An einem Tag gibt er uns Ton, um daraus Figuren zu schaffen, an einem anderen Tag Pinsel und Leinwand oder eine Feder zum Schreiben. Doch wir werden nie Ton auf Leinwand oder Federn für Skulpturen benutzen können. Jeder Tag birgt sein eigenes Wunder. Nimm die Segnungen an, arbeite und schaffe heute daraus dein Kunstwerk. Morgen wirst du mehr erhalten.«

## *Macht Glück angst?*

Der Meister sagt:

»Viele Menschen haben Angst vorm Glücklichsein. Denn um glücklich zu sein, müßten wir viel an uns und unseren Gewohnheiten aufgeben oder ändern. Häufig sträuben wir uns gegen die guten Dinge, die uns widerfahren, halten uns ihrer für unwürdig. Wir nehmen sie nicht an, weil wir fürchten, damit in Gottes Schuld zu stehen.

Wir denken: ›Es ist besser, nicht vom Kelch der Freude zu trinken, weil wir leiden werden, wenn wir ihn einmal nicht mehr haben.‹

Aus Angst, an Größe zu verlieren, wachsen wir nicht. Aus Angst davor zu weinen, hören wir auf zu lachen.«

## *Die Kerze*

An der Wand einer kleinen Kirche in den Pyrenäen steht geschrieben:

»Herr, möge diese Kerze, die ich eben angezündet habe, Licht verbreiten und mich in meinen Entscheidungen und Schwierigkeiten erleuchten. Möge sie das Feuer sein, mit dem Du in mir Egoismus, Stolz und Unreinheiten verbrennst. Möge sie die Flamme sein, mit der Du mein Herz erwärmst und mich lieben lehrst. Ich kann nicht lange in Deiner Kirche verweilen. Doch mit dieser Kerze bleibt ein wenig von mir hier. Hilf mir, mein Gebet auf mein Handeln an diesem Tag auszudehnen.

Amen.«

## *Vom Sprung ins kalte Wasser*

Als der Wanderer zehn Jahre alt war, bestand seine Mutter darauf, daß er Sportunterricht nahm. Eine Übung bestand darin, von einer Brücke ins Wasser zu springen. Er kam fast um vor Angst, stellte sich ganz hinten in die Reihe und litt mit jedem Jungen, der vor ihm sprang, denn bald würde der Augenblick kommen, in dem er selbst springen mußte. Eines Tages zwang ihn der Lehrer, der seine Angst bemerkte, als erster zu springen. Er hatte zwar genausoviel Angst, aber sie war so schnell vorbei, daß er nun mutig wurde.

Der Meister sagt:

»Häufig müssen wir auf den richtigen Augenblick warten. Manchmal aber müssen wir sofort handeln und ins kalte Wasser springen. In solchen Fällen ist Aufschieben das allerschlimmste.«

## *Gibt es Gott?*

Eines Morgens, als Buddha inmitten seiner Schüler saß, trat ein Mann hinzu.

»Gibt es Gott?« fragte er.

»Es gibt ihn«, antwortete Buddha.

Nach dem Mittagessen kam ein anderer Mann.

»Gibt es Gott?« fragte er.

»Nein, es gibt ihn nicht«, sagte Buddha.

Am Abend kam ein dritter Mann, der dieselbe Frage stellte:

»Gibt es Gott?«

»Das mußt du selber entscheiden«, antwortete Buddha.

»Meister, das ist absurd!« sagte einer seiner Schüler. »Wie könnt Ihr auf ein und dieselbe Frage verschiedene Antworten geben?«

»Weil es unterschiedliche Menschen sind, die mir die Frage stellen«, antwortete der Erleuchtete. »Ein jeder nähert sich Gott auf seine Weise: durch die Gewißheit, die Negation und den Zweifel.«

## *Aus sich selbst heraustreten*

Wir sind immer damit beschäftigt zu handeln, etwas zu tun, Probleme zu lösen, für andere zu sorgen. Ständig sind wir dabei, eine Sache zu planen, eine andere zu vollenden, eine dritte zu entdecken. Daran ist nichts Schlechtes, denn schließlich bauen und verändern wir so die Welt. Doch zur Lebenserfahrung gehört auch das Gebet.

Hin und wieder innehalten, aus sich selbst heraustreten, angesichts des Universums still sein. Mit Körper und Seele niederknien. Ohne zu bitten, ohne zu denken, nicht einmal für etwas zu danken. Nur die wortlose Liebe, die uns umgibt, erleben. In diesen Augenblicken können unerwartet Tränen fließen, die weder Tränen der Freude noch der Trauer sind. Sei nicht überrascht. Dies ist eine Gabe. Diese Tränen waschen deine Seele.

## *Weinen wie ein Kind*

Der Meister sagt:

»Wenn du weinen mußt, weine wie ein Kind. Auch du warst einmal ein Kind, und weinen war eins der ersten Dinge, die du in deinem Leben gelernt hast. Denn es gehört zu deinem Leben. Vergiß niemals, daß du frei bist, und daß es nicht peinlich ist, seine Gefühle zu zeigen. Schrei, schluchze heftig, sei laut, wenn dir danach ist – denn so weinen die Kinder, und sie wissen, wie sie ihr Herz schnell beruhigen.

Hast du schon einmal bemerkt, wie Kinder aufhören zu weinen? Irgend etwas bringt sie auf andere Gedanken, irgend etwas lenkt ihre Aufmerksamkeit auf ein neues Abenteuer.

Kinder hören schnell auf zu weinen. So wird es auch bei dir sein – aber nur, wenn du wie ein Kind weinst.«

## *Der richtige Moment*

Der Wanderer ißt mit einer befreundeten Anwältin in Fort Lauderdale zu Abend. Ein stark angetrunkener Mann am Nebentisch versucht beharrlich, mit ihr ins Gespräch zu kommen. Irgendwann bittet die Freundin den Betrunkenen, sie in Ruhe zu lassen. Doch er läßt nicht locker:

»Warum denn? Ich habe von Liebe gesprochen, wie es ein nüchterner Mann nie tun würde. Ich habe Freude gezeigt, habe versucht, mich Fremden mitzuteilen. Was ist falsch daran?«

»Es ist nicht der richtige Moment«, antwortete sie.

»Gibt es denn einen richtigen Moment, um Glücklichsein zu zeigen?«

Daraufhin wurde der Betrunkene eingeladen, sich zu den beiden an den Tisch zu setzen.

## *Neu anfangen*

Als der Meister unterwegs war, um das Wort Gottes zu verbreiten, fing das Haus, in dem er sonst mit seinen Schülern lebte, Feuer.

»Er hat uns das Haus anvertraut, und wir haben uns nicht richtig darum gekümmert«, klagte einer der Schüler. Und sie begannen umgehend, wieder aufzubauen, was nach dem Brand noch übrig war. Der Meister aber kam früher als erwartet zurück und sah, was sie machten.

»Es sieht aus, als ginge es uns besser: ein neues Haus?« fragte er freudig.

Einer der Schüler erzählte beschämt die Wahrheit: Der Ort, den sie gemeinsam bewohnt hatten, sei von den Flammen zerstört worden.

»Ich verstehe nicht recht, wovon du redest«, antwortete der Meister. »Ich sehe Männer, die ans Leben glauben und eine neue Lebensphase beginnen. Diejenigen, die das einzige verloren haben, das sie besaßen, sind besser dran als viele andere, denn nun kann für sie alles nur besser werden.«

## *Unbeirrt seinen Weg gehen*

Der Meister sagt:

»Wenn du den Weg deiner Träume gehst, gib dich ihm ganz hin. Laß mit der Entschuldigung ›Das ist noch nicht ganz das, was ich wollte‹ keine Hintertür offen. In diesem Satz liegt der Keim für eine Niederlage.

Geh deinen Weg. Auch wenn das manchmal heißt, Schritte ins Ungewisse zu tun, auch wenn du weißt, daß du es besser machen könntest. Wenn du deine Möglichkeiten in der Gegenwart ausschöpfst, wirst du in Zukunft sicher besser werden.

Doch wenn du deine eigenen Grenzen leugnest, wirst du sie nie überwinden.

Stelle dich mutig deinem Weg, fürchte dich nicht vor der Kritik der anderen. Und vor allem, laß dich nicht durch Selbstkritik lähmen.

Gott wird in den schlaflosen Nächten an deiner Seite sein und deine heimlichen Tränen mit Seiner Liebe trocknen.

Gott ist der Gott der Tapferen.«

## *Der verlorene Sohn oder Von glückhaften Umwegen*

Auf der Suche nach unseren Träumen und Idealen gehen wir in die Welt hinaus. Häufig halten wir das für unerreichbar, was in Reichweite liegt. Wenn wir den Irrtum erkennen, haben wir das Gefühl, wir hätten unsere Zeit vergeudet, indem wir in der Ferne suchten, was so nah lag. Wir machen uns Vorwürfe wegen der falschen Schritte, wegen der nutzlosen Suche, wegen des Unheils, das wir angerichtet haben.

Der Meister sagt:

»Auch wenn der Schatz in deinem Haus vergraben ist, wirst du ihn erst finden, wenn du dich entfernst. Hätte Petrus nicht dreimal geleugnet, wäre er nicht zum Oberhaupt der Kirche erwählt worden. Hätte der verlorene Sohn nicht alles verlassen, wäre er nicht von seinem Vater festlich empfangen worden.

In unserem Leben gibt es Dinge mit einem Siegel, auf dem steht: ›Du wirst meinen Wert erst erkennen, wenn du mich verloren und wiedergefunden hast.‹ Es ist nicht gut, diesen Weg abkürzen zu wollen.«

## *Der Elefant oder Die dünnen Fesseln der Gewohnheit*

Einem Dompteur gelingt es, einen Elefanten mit einem ganz einfachen Trick zu beherrschen: Er bindet das Elefantenkind mit einem Fuß an einen großen Baumstamm.

Sosehr es sich auch wehrt, es kann sich nicht befreien. Ganz allmählich gewöhnt es sich daran, daß der Baumstamm stärker ist als es selbst.

Wenn der Elefant erwachsen ist und ungeheure Kräfte besitzt, braucht man nur eine Schnur an seinem Bein zu befestigen und ihn an einen Zweig anzubinden, und er wird nicht versuchen, sich zu befreien. Denn er erinnert sich daran, daß er diesen Versuch unzählige Male vergebens unternommen hat.

Wie bei den Elefanten stecken auch unsere Füße nur in einer dünnen Schlinge. Doch da wir von Kindesbeinen an die Macht jenes Baumstammes gewohnt sind, wagen wir nicht, uns zu wehren.

Und vergessen darüber, daß es nur einer einfachen mutigen Tat bedarf, um unsere Freiheit zu erlangen.

## *Führe mich in Versuchung!*

Der Seelsorger eines Klosters sagte stets, daß Abt Johannes so viel gebetet habe, daß er sich nicht mehr sorgen müsse – seine Leidenschaften seien besiegt worden.

Dieser Ausspruch kam einem der weisen Männer im Kloster Sceta zu Ohren, der seine Novizen nach dem Abendessen zusammenrief.

»Ihr habt gehört, daß Abt Johannes keinen Versuchungen mehr widerstehen muß«, sagte er. »Fehlt aber der Kampf, wird die Seele schwach. Daher laßt uns den Herrn bitten, Abt Johannes eine mächtige Versuchung zu schikken. Und wenn er ihr widersteht, laßt uns um eine weitere und noch eine weitere bitten. Und wenn er erneut gegen die Versuchungen kämpft, laßt uns beten, daß er niemals mehr sagt: ›Herr, nimm diesen Dämon von mir.‹ Laßt uns darum beten, daß er bittet: ›Herr, gib mir Kraft, das Böse zu überwinden.‹«

Es ist wieder Freitag. Du kommst nach Hause, nimmst dir die Zeitungen vor, die du während der Woche nicht lesen konntest. Du machst den Fernseher an, stellst den Ton ab, legst eine Platte auf. Du zappst dich durch die Programme, während du in der Zeitung blätterst und Musik hörst. Die Zeitungen bringen nichts Neues, die Fernsehprogramme zeigen immer das gleiche, und die Platte hast du auch schon zigmal gehört. Deine Frau kümmert sich um die Kinder, opfert ihre besten Jahre, ohne recht zu wissen, warum.

Du entschuldigst dich damit, daß das Leben nun einmal so sei.

Nein, das ist nicht das Leben. Leben

ist Begeisterung. Versuche dich daran zu erinnern, wo du deine Begeisterung vergraben hast. Nimm deine Frau und deine Kinder bei der Hand und versuche, die Begeisterung wiederzufinden, bevor es zu spät ist. Liebe hat noch niemanden davon abgehalten, seinem Traum zu folgen.

## *Play it again!*

Angela Pontual, eine Freundin des Wanderers, besuchte einmal eine Theateraufführung am Broadway. In der Pause ging sie ins Foyer, um einen Whisky zu trinken. Das Foyer war voller Menschen, die rauchten, redeten, tranken.

Ein Pianist spielte, doch niemand achtete auf die Musik. Angela nippte an ihrem Drink und sah den Musiker an. Er schien gelangweilt, wirkte so, als würde er nur spielen, weil er mußte, und als könnte er das Ende der Pause kaum erwarten. Nach einem weiteren Whisky wandte sie sich schon etwas beschwipst an den Pianisten.

»Sie sind eine Nervensäge! Warum

spielen Sie denn nicht für sich selber?« fuhr sie ihn an.

Der Pianist blickte sie erstaunt an und begann sofort die Stücke zu spielen, die ihm gefielen. Darauf wurde es still im Foyer. Als der Pianist geendet hatte, applaudierten alle begeistert.

## *Spirituelle Suche und Problemflucht*

Der heilige Franziskus von Assisi war ein allseits beliebter junger Mann, als er beschloß, alles aufzugeben und sich seinem Werk zu widmen. Die heilige Clara war eine schöne Frau, als sie das Keuschheitsgelübde ablegte. Der heilige Raimundus Lullus hatte Umgang mit den großen Geistern seiner Zeit, als er sich in die Wüste zurückzog.

Die spirituelle Suche ist eine Herausforderung. Wer sie benutzt, um seinen Problemen zu entfliehen, wird nicht weit kommen.

Dem, der keine Freunde gewinnen kann, tut es nicht gut, sich aus der Welt zurückzuziehen. Das Armutsgelübde abzulegen führt für den zu nichts, der nicht seinen eigenen Lebensunterhalt erwirtschaften kann. Es macht für einen feigen Menschen keinen Sinn, demütig zu sein.

Etwas besitzen und es aufgeben ist eines. Etwas anderes ist es, etwas nicht zu haben und den zu verdammen, der es besitzt. Es ist für einen impotenten Mann einfach, die absolute Keuschheit zu predigen, doch welchen Wert hat das?

Der Meister sagt:

»Lobe das Werk Gottes. Wachse über dich selbst hinaus, während du dich der Welt stellst.«

## *Angst*

Ein Patient sagte zu seinem Arzt: »Angst beherrscht mein Leben, und die Angst hat mir alle Freude genommen.«

»Hier in meiner Praxis lebt eine Maus, die an meinen Büchern knabbert«, entgegnete der Arzt. »Mach ich zuviel Aufhebens von der Maus, wird sie sich vor mir verstecken, und ich werde nichts anderes mehr tun, als sie zu jagen.

Statt dessen habe ich meine wertvollsten Bücher an einen sicheren Platz gestellt und erlaube ihr, an den anderen zu knabbern.

So bleibt sie eine einfache Maus und wird nicht zu einem Monster. Richten

Sie Ihre Angst auf einige wenige Dinge, dann bleibt Ihnen Mut für das, was wichtig ist.«

## *Eva und die Eifersucht*

Eva ging durch den Garten Eden, als sich ihr die Schlange näherte.

»Iß diesen Apfel«, sagte sie.

Eva lehnte ab, wie Gott ihr geheißen.

»Iß diesen Apfel«, beharrte die Schlange. »Denn du mußt schöner werden als dein Mann.«

»Das brauche ich nicht«, sagte Eva. »Er hat niemanden außer mir.«

Die Schlange lachte. »Von wegen!«

Und da ihr Eva nicht glaubte, führte sie sie auf einen Hügel zu einem Brunnen.

»Sie ist dort in dieser Höhle. Adam hat sie dort versteckt.«

Eva beugte sich über den Brunnen

und sah im Wasser ihr Spiegelbild, eine schöne Frau. Da aß sie ohne zu zögern den Apfel, den ihr die Schlange angeboten hatte.

## *Disziplin*

Der Meister sagt:

»Bete jeden Tag. Auch wenn deine Gebete keine Worte haben und um nichts bitten und kaum verständlich sind. Mache es dir zur Gewohnheit zu beten. Wenn es dir anfangs schwerfällt, beschließe für dich selbst: ›Ich werde diese Woche jeden Tag beten.‹ Und erneuere dieses Versprechen jeweils für die nächsten sieben Tage.

Bedenke, daß du damit nicht nur eine engere Verbindung zur spirituellen Welt herstellst. Es trainiert auch deinen Willen. Durch bestimmte Praktiken entwickeln wir die für den Lebenskampf notwendige Disziplin.

Es bringt nichts, wenn du das Versprechen an einem Tag nicht einhältst und am nächsten Tag zweimal betest. Es bringt auch nichts, wenn du sieben Gebete an einem Tag sprichst und glaubst, deine Aufgabe für den Rest der Woche damit erledigt zu haben.

Bestimmte Dinge müssen im richtigen Maß und im richtigen Rhythmus geschehen.«

Der Meister sagt:

»Die Wegkreuzung ist ein heiliger Ort. Hier muß der Pilger eine Entscheidung treffen. Daher schlafen und essen die Götter für gewöhnlich an einer Wegkreuzung.

Wo sich Wege kreuzen, konzentrieren sich zwei große Kräfte – die des Weges, der gewählt wird, und die des Weges, der verworfen wird. Beide werden für einen kurzen Augenblick zu einem Weg.

Der Pilger kann ausruhen, ein wenig schlafen und sogar die Götter befragen. Doch niemand kann für immer dort bleiben: Ist die Wahl einmal getroffen, muß er weitergehen, ohne über den Weg nachzudenken, den er nicht eingeschlagen hat.

Sonst wird die Wegkreuzung zu einem Fluch.«

## *Im Namen der Wahrheit*

Im Namen der Wahrheit hat die Menschheit einige ihrer schlimmsten Verbrechen begangen. Männer und Frauen wurden auf dem Scheiterhaufen verbrannt. Die Kultur ganzer Zivilisationen wurde zerstört. Diejenigen, die die Sünde begingen, Fleisch zu essen, wurden verbannt. Diejenigen, die einen anderen Weg suchten, wurden an den Rand der Gesellschaft gedrängt.

Einer von ihnen wurde im Namen der Wahrheit gekreuzigt. Doch er hinterließ uns, bevor er starb, die Definition der Wahrheit.

Sie gibt uns keine Gewißheiten.

Sie gibt uns keine Größe.

Sie macht uns nicht besser als andere.

Sie hält uns nicht im Kerker der Vorurteile gefangen.

Die Wahrheit macht uns frei.

Erkennt die Wahrheit, und die Wahrheit wird euch frei machen, sagte Er.

## *Die drei Bananen*

Ein Freund des Wanderers beschloß, ein paar Tage in einem Kloster in Nepal zu verbringen. Eines Nachmittags trat er in einen der vielen Tempel des Klosters und sah einen lächelnden Mönch auf dem Altar sitzen.

»Warum lächelst du?« fragte er.

»Weil ich die Bedeutung der Bananen begriffen habe«, sagte der Mönch und öffnete seinen Beutel, aus dem er eine verfaulte Banane zog. »Dies ist ein Leben, das zu Ende gegangen ist, bevor es genutzt wurde – und nun ist es zu spät.«

Dann zog er eine noch grüne Banane aus seinem Beutel. Er zeigte sie dem Mann und steckte sie wieder ein. »Dies ist ein Leben, das noch nicht zu Ende ist und auf den richtigen Augenblick wartet«, sagte er.

Schließlich zog er eine reife Banane aus dem Beutel, schälte sie, teilte sie mit dem Mann und sagte:

»Dies ist der jetzige Augenblick. Lebe ihn furchtlos.«

## *Das Radrennen*

Das Leben ist wie ein großes Radrennen, dessen Ziel darin besteht, seinen Lebensentwurf zu leben.

An der Startlinie sind wir alle beieinander, einträchtig, begeistert. Doch je länger das Rennen währt, desto mehr treten an die Stelle der anfänglichen Freude die wahren Herausforderungen: Erschöpfung, Monotonie, Zweifel an den eigenen Fähigkeiten. Wir stellen fest, daß ein paar Freunde vor der Herausforderung kapituliert haben. Sie sind zwar noch im Rennen, jedoch nur, weil sie nicht auf halbem Weg aufhören können. Viele radeln nur noch neben dem Service-Wagen her, reden miteinander, sind nur noch dabei, weil sie müssen.

Wir lassen sie schließlich hinter uns. Und müssen uns dann der Einsamkeit stellen, den Überraschungen, den tückischen Kurven, den Problemen mit dem Fahrrad.

Am Ende fragen wir uns, ob sich diese ganze Anstrengung überhaupt lohnt.

Es lohnt sich. Nur nicht aufgeben!

## *Sterben lernen*

Der Meister sagt:

»In vielen Zivilisationen war es üblich, die Toten in Fötusstellung zu begraben. Sie wurden in einem anderen Leben wiedergeboren, daher mußten sie in der Stellung begraben werden, in der sie in diese Welt gekommen waren. Für diese Zivilisationen war der Tod nur ein Schritt unter vielen auf dem Weg des Universums.

Ganz allmählich hat die Welt verlernt, den Tod gelassen zu akzeptieren. Doch es ist nicht wichtig, was wir denken oder was wir tun oder woran wir glauben: Jeder von uns wird eines Tages sterben.

Besser ist es, wie die alten Yaqui-

Indianer den Tod als Ratgeber zu betrachten. Sie fragen immer: ›Was soll ich jetzt tun, da ich doch so oder so sterben muß?‹«

## *Vom Umgang mit Fehlern*

Ein afrikanischer Medizinmann führt seinen Schüler durch den Wald. Obwohl er schon betagt ist, geht er behende, während sein Schüler ständig stolpert und stürzt. Der Schüler rappelt sich auf, flucht, spuckt auf den tükkischen Boden und folgt seinem Meister.

Nach einer langen Wanderung gelangen sie an einen heiligen Ort. Ohne anzuhalten, macht der Medizinmann auf dem Absatz kehrt und begibt sich auf den Heimweg.

»Ihr habt mich heute nichts gelehrt«, sagt der Schüler, nachdem er wieder gestürzt ist.

»Ich habe dich etwas gelehrt, doch

du hast es nicht begriffen«, sagt der Medizinmann. »Ich versuche dir beizubringen, wie mit den Fehlern im Leben umzugehen ist.«

»Und wie soll ich mit ihnen umgehen?«

»Genauso wie du mit deinen Stürzen umgehen solltest«, antwortet der Medizinmann. »Anstatt die Stelle zu verfluchen, an der du stürzt, solltest du versuchen herauszufinden, was dich zu Fall gebracht hat.«

## *Die Botin des Lichts oder Vom Selbstvertrauen*

Eine junge Frau kommt zum Wanderer. »Ich möchte Ihnen etwas erzählen«, sagt sie.

»Ich habe immer geglaubt, die Gabe des Heilens zu besitzen. Doch ich hatte nie den Mut, sie bei jemandem auszuprobieren. Bis eines Tages mein Mann einen starken Schmerz im Bein hatte und niemand da war, der ihm hätte helfen können. Es war mir zwar furchtbar peinlich, aber ich legte meine Hände auf sein Bein und bat den Schmerz zu verschwinden.

Ich tat es, ohne recht daran zu glauben, daß ich ihm würde helfen können, als ich ihn beten hörte: ›Gott, ich bitte

Dich, mach, daß meine Frau fähig ist, eine Botin Deines Lichtes und Deiner Stärke zu sein.‹ Meine Hand wurde heiß, und der Schmerz verschwand.

Hinterher fragte ich ihn, warum er so gebetet hatte. Er antwortete, er habe es getan, um mir Vertrauen zu geben. Heute kann ich dank dieser Worte heilen.«

## *Diogenes, Aristipp und das Linsengericht*

Der Philosoph Aristipp genoß seine Macht am Hof von Dionysos, dem Tyrannen von Syrakus. Eines Nachmittags kam er hinzu, als Diogenes ein Linsengericht für sich selbst kochte.

»Wenn du bereit wärst, Dionysos zu huldigen, müßtest du keine Linsen essen«, sagte Aristipp.

»Wenn du Linsen genießen könntest, müßtest du Dionysos nicht huldigen«, entgegnete Diogenes.

Der Meister sagt:

»Es ist wohl wahr, daß jedes Ding seinen Preis hat, doch dieser Preis ist relativ. Wenn wir unsere Träume verfolgen, kann es sein, daß wir den anderen arm und unglücklich erscheinen. Aber was die anderen denken, ist unwichtig: Wichtig ist die Freude in unserem Herzen.«

## *Der beste Schwertkämpfer*

»Wer ist der beste Schwertkämpfer?« fragte ein Krieger seinen Meister.

»Geh hinaus auf das Feld beim Kloster«, sagte der Meister. »Dort steht ein Felsen. Beschimpfe ihn.«

»Warum sollte ich das tun?« fragte der Schüler. »Der Felsen wird nicht antworten.«

»Dann greif ihn mit dem Schwert an«, sagte der Meister.

»Auch das werde ich nicht tun«, entgegnete der Schüler. »Mein Schwert würde zerbrechen. Und griffe ich ihn mit meinen Händen an, würde ich meine Finger verletzen, ohne etwas auszurichten. Ich möchte wissen, wer der beste Schwertkämpfer ist!«

»Der beste Schwertkämpfer ist der, der dem Fels gleicht«, sagte der Meister. »Ohne die Klinge zu ziehen, gelingt es ihm zu zeigen, daß niemand ihn besiegen kann.«

## *Gott gibt es zweimal*

Der Meister sagt:

»Gott gibt es zweimal. Als den Gott, den unsere Lehrer uns lehrten, und als den, der uns etwas lehrt. Als den Gott, über den die Leute immer reden, und den Gott, der mit uns redet. Als den Gott, den wir zu fürchten lernten, und den, der zu uns von Barmherzigkeit spricht.

Gott gibt es zweimal. Als den Gott in der Höhe und den, der an unserem Alltag teilnimmt. Als den Gott, der unsere Schulden einfordert, und den Gott, der uns unsere Schulden erläßt. Als den Gott, der uns mit den Strafen der Hölle droht, und den Gott, der uns den besseren Weg weist.

Gott gibt es zweimal. Als einen Gott, der uns unter der Last unserer Sünden zusammenbrechen läßt, und denjenigen, der uns mit Seiner Liebe befreit.«

Michelangelo wurde einmal gefragt, wie es käme, daß er so wunderbare Werke schaffen könne.

»Es ist ganz einfach«, antwortete er. »Wenn ich einen Marmorblock betrachte, sehe ich die Skulptur darin. Ich muß nur noch das entfernen, was nicht dazugehört.«

Der Meister sagt:

»In jedem von uns steckt ein Werk, das darauf wartet, geschaffen zu werden. Es ist der Mittelpunkt unseres Lebens, und wenn wir uns auch noch so sehr betrügen, so wissen wir doch, wie wichtig es für unser Glücklichsein ist. Meist ist dieses Kunstwerk unter jahrelangen Ängsten, Schuldgefühlen und

Unentschlossenheit verschüttet. Doch wenn wir beschließen, alles wegzuräumen, was nicht dazu gehört, wenn wir nicht an unseren Fähigkeiten zweifeln, dann können wir die Aufgabe erfüllen, die uns bestimmt wurde. Dies ist die einzig mögliche Art, ehrenhaft zu leben.«

*Liebe*

Der Meister sagt:

»Wir alle brauchen Liebe. Liebe ist Teil der menschlichen Natur, genauso wie Essen, Trinken und Schlafen. Manchmal sind wir vollkommen allein, betrachten einen wunderbaren Sonnenuntergang und denken: ›Diese Schönheit macht keinen Sinn, weil ich sie mit niemandem teilen kann.‹

In diesen Augenblicken sollten wir fragen: Wie häufig sind wir um Liebe gebeten worden und haben uns einfach abgewandt? Wie oft haben wir Angst gehabt, uns jemandem zu nähern und ihm oder ihr ins Gesicht zu sagen, daß wir verliebt sind?

Hütet euch vor der Einsamkeit. Sie

macht genauso süchtig wie die stärkste Droge. Wenn der Sonnenuntergang keinen Sinn für dich zu haben scheint, sei demütig und mache dich auf die Suche nach Liebe. Denn du mußt wissen, daß es bei ihr wie auch bei anderen spirituellen Segnungen ist: Je mehr zu geben du bereit bist, desto mehr wirst du im Gegenzug empfangen.«

## *Die drei aztekischen Priester*

Ein spanischer Missionar besuchte einst eine Insel und traf dort auf drei aztekische Priester.

»Wie betet ihr?« fragte der Pater.

»Wir haben nur ein einziges Gebet«, antwortete einer der Azteken. »Wir sagen: ›Gott, Du bist drei und wir sind drei. Erbarme Dich unser.‹«

»Ich werde euch ein Gebet lehren, das Gott hören wird«, sagte der Missionar. Und er lehrte sie ein katholisches Gebet. Dann reiste er weiter. Kurz bevor er nach Spanien zurückkehrte, machte er bei dieser Insel wieder halt.

Als sein Schiff sich dem Ufer näherte, kamen die drei Priester ihm auf dem Wasser entgegen.

»Vater, Vater«, rief ihm der eine entgegen. »Bitte lehre uns das Gebet, das Gott erhört, noch einmal. Wir haben die Worte vergessen.«

»Das ist unwichtig«, antwortete der Pater angesichts des Wunders. Und er bat Gott um Vergebung, weil er begriffen hatte, daß Er alle Sprachen spricht.

## *Wie soll ich handeln?*

»Wie kann ich wissen, welche Art zu handeln in meinem Leben die beste ist?« fragte der Schüler den Meister.

Der Meister bat ihn, einen Tisch zu bauen. Als der Tisch fast fertig war und nur noch die Nägel auf der Platte eingeschlagen werden mußten, trat der Meister hinzu.

Der Schüler schlug die Nägel mit drei sicheren Schlägen ein. Ein Nagel machte jedoch Schwierigkeiten, und der Schüler brauchte noch einen Schlag mehr. Der vierte Schlag trieb den Nagel zu tief hinein und beschädigte das Holz.

»Deine Hand hat sich an drei Hammerschläge gewöhnt«, sagte der Meister. »Wenn eine Tätigkeit von der Gewohnheit bestimmt wird, verliert sie ihren Sinn und führt am Ende zu Schaden.

Jede einzelne Handlung ist eine Handlung für sich, und es gibt nur ein Geheimnis: Laß nie Gewohnheit dein Tun beherrschen.«

# *Wozu leben?*

Zu den Festen im spanischen Valencia gehört eine merkwürdige Tradition, die ihren Ursprung in der alten Bruderschaft der Zimmerleute hat.

Das ganze Jahr hindurch bauen Handwerker und Künstler riesige Holzskulpturen. In der Woche der Feria stellen sie diese Skulpturen auf dem Hauptplatz der Stadt auf, zur Freude der Passanten. Doch am Tag des heiligen Joseph werden alle Skulpturen – bis auf eine – in einem riesigen Feuer vor Tausenden von Zuschauern verbrannt.

»Wozu die ganze Arbeit?« fragte ein englischer Tourist, als er die Flammen zum Himmel aufsteigen sah.

»Auch du wirst eines Tages enden«, antwortete ein Spanier. »Glaubst du, daß ein Engel, wenn dieser Tag gekommen ist, Gott fragen wird: ›Wozu die ganze Arbeit?‹«

## *Das Lotterielos*

Ein frommer Mann verlor von einem Augenblick auf den anderen seinen ganzen Reichtum. Doch da er wußte, daß Gott ihm immer helfen würde, begann er zu beten:

»Herr, laß mich bitte in der Lotterie gewinnen«, bat er.

Er betete jahraus, jahrein und blieb doch immer arm. Eines Tages starb er und kam, da er ein frommer Mann war, direkt in den Himmel.

Dort angekommen, weigerte er sich hineinzugehen. Er sagte, er habe sein ganzes Leben die Gebote seiner Religion befolgt, und dennoch habe ihn Gott nie in der Lotterie gewinnen lassen. »All Deine Versprechen waren eine Lüge«, sagte der Mann aufgebracht.

»Ich war immer bereit, dir zu helfen«, antwortete Gott. »Ich habe es auch immer versucht, aber du hast nie ein Lotterielos gekauft.«

## *Der Trinker*

Ein Meister hatte Hunderte von Schülern. Alle beteten zur vorgegebenen Zeit – bis auf einen, der ein Trinker war.

Als er im Sterben lag, rief der Meister den Trinker zu sich und gab an ihn sein geheimstes Wissen weiter. Die anderen Schüler waren entsetzt: »Welch eine Schande! Wir haben alles für einen Meister geopfert, der unfähig war, unsere guten Eigenschaften zu erkennen«, sagten sie.

Der Meister sagte: »Ich mußte diese Geheimnisse an einen Mann weitergeben, den ich gut kenne. Diejenigen, die immer tugendhaft zu sein scheinen, verbergen im allgemeinen ihre Eitelkeit, ihren Stolz und ihre Intoleranz. Daher habe ich den einzigen Schüler gewählt, dessen Fehler ich sehen konnte: den Trinker.«

## *Die Burg der Mittelmäßigkeit*

Friedrich Nietzsche sagte einmal: »Es lohnt nicht, die Zeit damit zu verbringen, über alles zu streiten. Irren ist menschlich.«

Der Meister sagt:

»Es gibt Menschen, die beharren darauf, selbst bis in die allerkleinsten Einzelheiten hinein recht zu behalten.

Sie erlauben sich häufig nicht, einen Fehler zu machen.

Dahinter steht aber nur die Angst voranzuschreiten.

Die Angst davor, Fehler zu machen, ist die Tür, die uns den Weg aus der Burg der Mittelmäßigkeit versperrt. Gelingt es uns, die Angst zu überwinden, tun wir damit einen entscheidenden Schritt auf dem Weg in die Freiheit.«

Der Jongleur stellt sich in die Mitte des Platzes, zieht drei Orangen aus der Tasche und wirft sie hoch. Um ihn herum versammeln sich Zuschauer, die die Anmut seiner Bewegungen bewundern.

»Das Leben ist ganz ähnlich«, bemerkt einer zum Wanderer. »Auch wir haben immer in jeder Hand eine Orange, während die dritte sich in der Luft befindet. Sie wurde von erfahrener Hand geschickt in die Luft geworfen, doch dann folgt sie ihrer eigenen Bahn.

Wie der Jongleur werfen wir einen Traum in die Welt, aber wir haben ihn nicht immer unter Kontrolle. In solchen Augenblicken müssen wir fähig sein, ihn Gott anzuvertrauen, und ihn bitten, daß er ihn seine Flugbahn in Würde beenden läßt und daß der Traum dann erfüllt in unsere Hände zurückfällt.«

## *Die böse Fee*

Drei Feen waren zur Taufe eines Prinzen eingeladen. Die erste versprach ihm die Gabe, seine Liebe zu finden. Die zweite versprach ihm so viel Geld, daß er tun konnte, was er wollte. Die dritte versprach ihm Schönheit.

Doch wie in allen Märchen erschien die böse Fee. Sie war zornig darüber, daß sie nicht eingeladen worden war, und sprach einen Fluch:

»Da du bereits alles hast, gebe ich dir noch mehr. Du wirst das Talent zu allem haben, was du tun möchtest.«

Der Prinz wuchs heran, war schön, reich und verliebt. Doch er erfüllte nie seine Mission auf Erden. Er war ein ausgezeichneter Maler, Bildhauer, Musiker, Mathematiker, doch es gelang ihm nie, eine Aufgabe zu vollenden, weil er immer schnell abgelenkt war und etwas anderes machen wollte.

Der Meister sagt:

»Alle Wege führen zum selben Ort. Doch wähle deinen eigenen Weg und geh ihn bis zum Ende. Versuche nicht, alle Wege zu beschreiten.«

## *Der nächste Schritt auf dem spirituellen Weg*

Ein junger Mann, der den spirituellen Weg einschlagen wollte, suchte einen Mönch des Kloster Sceta auf.

»Gib ein Jahr lang jedem eine Münze, der dich angreift«, sagte der Mönch.

Zwölf Monate lang zahlte der junge Mann jedem eine Münze, der ihn angriff. Am Ende des Jahres kehrte er zum Mönch zurück und wollte den nächsten Schritt von ihm wissen.

»Geh in die Stadt und kaufe mir etwas zu essen«, antwortete dieser.

Kaüm war der junge Mann gegangen, da verkleidete sich der Mönch als Bettler und ging über eine Abkürzung, die er kannte, zum Tor der Stadt. Als der junge Mann sich ihm näherte, begann er ihn zu beschimpfen.

»Großartig!« meinte der junge Mann fröhlich zum falschen Bettler. »Ein ganzes Jahr lang habe ich alle bezahlt, die mich angriffen, und jetzt kann ich mich beleidigen lassen, ohne zu zahlen!«

Als er dies hörte, legte der Mönch seine Verkleidung ab.

»Du bist bereit für den nächsten Schritt, weil du über deine Probleme lachen kannst«, sagte er.

## *Die blaue Feder*

Eine Legende aus der Wüste erzählt die Geschichte eines Mannes, der in eine andere Oase ziehen wollte. Er begann sein Kamel zu beladen. Er belud es mit Teppichen, seinen Küchengerätschaften, seinen Truhen mit Kleidern – und das Tier ließ es zu. Als sie aufbrachen, fiel dem Mann eine schöne blaue Feder ein, die ihm sein Vater geschenkt hatte.

Er holte sie und legte sie auf den Rücken des Kamels. Da brach das Tier zusammen und starb.

»Mein Kamel bricht unter einer Feder zusammen«, mag er gedacht haben.

Manchmal denken wir dasselbe von unserem Nächsten, ohne zu begreifen, daß unser kleiner Scherz vielleicht der Tropfen gewesen ist, der das Faß des Leidens zum Überlaufen brachte.

## *Gott ist ein Künstler*

Der Satz stammt von Pablo Picasso: »Gott ist ein Künstler. Er erfand die Giraffe, den Elefanten und die Ameise. Nie hielt er sich an einen vorgegebenen Stil. Er tat einfach nur, was er wollte.«

Der Meister sagt:

»Angst keimt auf, wenn wir unseren Weg beginnen. Wir fühlen uns verpflichtet, alles richtig zu machen. Doch wer legt die Norm dessen fest, was richtig ist, da wir doch alle nur ein einziges Leben haben? Gott schuf die Giraffe, den Elefanten und die Ameise. Warum müssen wir einer Norm folgen?

Die Norm dient nur dazu, uns zu zeigen, wie die anderen ihre Realität definieren. Häufig bewundern wir, was andere geschaffen haben, und können auch oft deren Fehler vermeiden.

Doch was unser Leben betrifft, so wissen wir allein, wie wir es zu gestalten haben.«

## *Gottvertrauen*

Einige Juden beteten in der Synagoge, als während des Gebets die Stimme eines Kindes erklang: »A, B, C, D.« Sie versuchten, sich auf die Heilige Schrift zu konzentrieren, doch die Kinderstimme wiederholte: »A, B, C, D.« Sie unterbrachen den Gottesdienst, und als sie um sich blickten, sahen sie einen Jungen, der noch immer sein Lied sang.

Der Rabbiner fragte den Jungen: »Warum tust du das?«

»Weil ich die heiligen Verse nicht kann«, sagte der Junge. »Deshalb hoffe ich, indem ich das Alphabet singe, daß Gott die Buchstaben benutzen wird, um die richtigen Worte zu bilden.«

»Ich danke dir für diese Lektion«,

sagte der Rabbiner. »Möge auch ich fähig sein, Gott meine Tage auf Seiner Erde genauso anzuvertrauen, wie du Ihm deine Buchstaben anvertraut hast.«

## *Die großen und die kleinen Wunder*

Die Zen-Mönche setzen sich zum Meditieren vor einen Felsen. »Wir warten, daß der Fels ein wenig wächst«, sagen sie.

Der Meister sagt:

»Alles um uns herum verändert sich ständig. Jeden Tag bescheint die Sonne eine neue Welt. Was wir Routine nennen, steckt voller neuer Vorschläge und Möglichkeiten. Doch wir bemerken nicht, daß jeder Tag sich von allen bisherigen unterscheidet.

Heute wartet irgendwo ein Schatz auf dich. Es könnte ein flüchtiges Lächeln sein, es könnte ein großer Sieg sein. Doch nicht darauf kommt es an.

Das Leben besteht aus großen und kleinen Wundern. Nichts ist langweilig, weil alles sich ständig verändert. Langeweile ist nicht Teil der Welt, sondern sie entsteht dadurch, wie wir die Welt ansehen.

Der Dichter T. S. Eliot hat sinngemäß geschrieben: Wandere über viele Straßen, kehre heim und sieh alles an, als wär's das erste Mal.«

PAULO COELHO, geboren 1947 in Rio de Janeiro, begann ein Jurastudium, bevor er zwei Jahre lang Südamerika, Europa und Nordamerika bereiste. Zurück in Brasilien, schrieb er Theaterstücke und Songtexte, derentwegen ihn die damalige Militärjunta seines Landes dreimal inhaftierte. 1980 kündigte Coelho seine Stelle als Direktor von Polygram und CBS Brasilien, studierte fünf Jahre lang in einem alten spanischen Orden und legte den Pilgerweg nach Santiago de Compostela zu Fuß zurück. Diese Pilgerreise beschreibt Coelho in seinem ersten Buch *Auf dem Jakobsweg. Tagebuch einer Pilgerreise nach Santiago de Compostela,* doch auch die weiteren Werke sind geprägt von den wichtigen Erfahrungen und Erlebnissen während der Pilgerreise.

# *Paulo Coelho im Diogenes Verlag*

*Der Alchimist*
Roman. Aus dem Brasilianischen von Cordula Swoboda Herzog

*Am Ufer des Rio Piedra saß ich und weinte*
Roman. Deutsch von Maralde Meyer-Minnemann

*Der Fünfte Berg*
Roman. Deutsch von Maralde Meyer-Minnemann

*Der Wanderer*
Geschichten und Gedanken Deutsch von Maralde Meyer-Minnemann. Ausgewählt von Anna von Planta

*Auf dem Jakobsweg*
Tagebuch einer Pilgerreise nach Santiago de Compostela. Deutsch von Maralde Meyer-Minnemann

*Unterwegs*
Geschichten und Gedanken Deutsch von Maralde Meyer-Minnemann. Ausgewählt von Anna von Planta

*Veronika beschließt zu sterben*
Roman. Deutsch von Maralde Meyer-Minnemann

*Handbuch des Kriegers des Lichts*
Deutsch von Maralde Meyer-Minnemann

*Der Dämon und Fräulein Prym*
Roman. Deutsch von Maralde Meyer-Minnemann

*Elf Minuten*
Roman. Deutsch von Maralde Meyer-Minnemann

Außerdem erschienen:

*Bekenntnisse eines Suchenden*
Juan Arias im Gespräch mit Paulo Coelho. Aus dem Spanischen von Maralde Meyer-Minnemann

## PARO[illegible]ES DE PHILOSOPHES

### QU'ES[illegible]-CE QU'UNE VIE BONNE ?

vie bonne pour les mortels ? », sans passe
par le secours des religions – de la foi en u
dieu qui sauve –, mais en s'en tenant au
moyens du bord : la lucidité de la raison e
la sincérité du cœur.

Plutôt que de procéder par « mots
clefs », comme on fait dans les diction
naires où l'ordre alphabétique exclut l
logique du sens, j'ai préféré procéde
comme je l'avais fait dans mon *Apprendr*
*à vivre*, en suivant les cinq grandes étape
de l'histoire de la philosophie : sagess
ancienne, salut chrétien, humanisme de
Lumières, déconstruction (nietzschéenne
et naissance d'un nouvel humanisme, celu
du cœur et de la transcendance de l'autre
ici seulement esquissé en quelques ligne
à partir de ses prémisses anciennes, parc
qu'il est notre présent trop actuel pou
être encore mis en histoire.

J'ai repris aussi, pour chaque « époque »
la tripartition qui est celle de toute grand
vision du monde philosophique :

1) la théorie, qui cherche à comprendr
le monde comme terrain de jeu de l'exis
tence humaine ;

2) l'éthique ou la morale, qui s'interroge sur les règles du jeu, le bien et le mal, le juste et l'injuste dans la relation aux autres ;

3) la doctrine du salut, de la sagesse ou de la spiritualité qui tente de répondre à la question ultime de toute philosophie, celle du but du jeu, qui est évidemment la vie bonne.

J'espère que ce choix, pour contestable qu'il soit, permettra à mon lecteur d'entrer avec moi dans l'espace du sens commun et de la pensée élargie à quoi nous invitent, chacune à leur façon, ces paroles de philosophes.

Luc Ferry

NB. Les passages en italiques sont, comme le lecteur le comprendra aisément dans ce qui suit, mes propres commentaires. Ils visent chaque fois à donner le fil conducteur qui permet de donner du sens aux paroles philosophiques ici choisies.

Que mon ami Éric Deschavanne soit chaleureusement remercié pour toute l'aide qu'il a bien voulu m'apporter dans ce travail.

## I. – La philosophie et la question du salut

*Montaigne, en référence à la sagesse des anciens philosophes grecs, assurait que « philosopher, c'est apprendre à mourir ». À la différence des dieux, l'homme est mortel, mais à la différence de l'animal, il a conscience de l'être : il sait que le temps lui est compté ; il ne peut ignorer le cours irréversible de l'existence ni la contradiction entre l'amour qui porte à l'attachement, et la mort, qui est toujours séparation. Selon les Stoïciens et les Épicuriens, la philosophie, c'est-à-dire la recherche de la sagesse, est avant tout animée par l'idée qu'on ne peut accéder à la vie bonne sans vaincre d'abord la peur de la mort.*

Il faut avant tout chasser et détruire cette crainte de l'Achéron {le fleuve des enfers} qui, pénétrant jusqu'au fond de notre être, empoisonne la vie humaine, colore toute chose de la noirceur de la mort et ne laisse subsister aucun plaisir limpide et pur.

*Lucrèce – De la nature, Livre troisième.*

As-tu bien dans l'esprit que le principe de tous les maux pour l'homme, de la bassesse, de la lâcheté, c'est... la crainte de la mort ? Exerce-toi contre elle ; qu'à cela tendent toutes tes paroles, toutes tes études, toutes tes lectures et tu sauras que c'est le seul moyen pour les hommes de devenir libres.

*Épictète – Entretiens, III, XXVI.*

Nous mourons chaque jour. Oui, chaque jour nous retire une portion de notre vie ; alors même que l'être est en croissance, la somme de ses jours décroît. Nous avons laissé derrière nous le bas-âge, l'enfance, l'adolescence. Tout le temps écoulé jusqu'à hier est perdu pour nous ; ce jour même que nous vivons est partagé entre la vie et la mort. Comme ce n'est pas la dernière goutte d'eau qui épuise l'horloge à eau, mais tout ce qui en a découlé auparavant; ainsi l'heure dernière où nous cessons d'être ne fait pas la mort à elle seule, mais seule la consomme (...) Cette crise redoutée est notre dernière, non notre seule mort.

*Sénèque – Lettres à Lucilius, 24, § 19-21.*

Pense à la mort toujours pour ne la craindre jamais.

*Sénèque – Lettres à Lucilius, 30, 18.*

L'affaire n'est pas de mourir plus tôt ou plus tard; l'affaire est de bien ou mal mourir. Or, bien mourir, c'est se soustraire au danger de vivre mal.

*Sénèque – Lettres à Lucilius, 70, 6.*

## II. – L'amour de la sagesse selon les Stoïciens

*La philosophie, selon son étymologie, est « amour » (philo), c'est-à-dire quête de la sagesse (sophia). La sagesse elle-même consiste à vivre dans la sérénité et la liberté d'esprit autant qu'il est possible pour un mortel. Pour y parvenir, il faut vaincre les peurs que la finitude éveille en nous. La philosophie se conçoit donc à l'origine comme une recherche d'un salut, d'un « sauvetage », mais qui, à la différence de ce qui a lieu dans les religions, ne passe ni par l'aide d'un Dieu, ni par la foi. Le salut philosophique ne s'appuie que sur les seules forces de la lucidité. Il doit passer par la seule raison humaine. Le stoïcisme permet d'illustrer à la perfection ce que fut, dans l'antiquité grecque et romaine, la conception dominante de la sagesse, la définition de la vie bonne comme vie en harmonie avec l'ordre lui-même harmonieux du « cosmos ». Le mot « stoïcisme » vient du grec « stoa », qui signifie « portique », parce que le fondateur de l'école, Zénon de Kition (environ 334-262 avant J.-C.), enseignait sous des arcades recouvertes de peintures. Zénon eut pour successeurs Cléanthe d'Assos (vers 331-230) et Chrysippe de Soles (vers 280-208). C'est toute-*

*fois à travers les œuvres d'auteurs de l'époque romaine, en particulier Cicéron (106 – 43) Sénèque (vers 4 av. J.-C. - 65 apr. J.-C.), Épictète (vers 50-130) et Marc-Aurèle (121-180) que la doctrine stoïcienne nous est le mieux connue.*

## A. - La contemplation (theoria) de l'ordre cosmique

*La tâche première de la philosophie est de comprendre le monde. Selon l'étymologie, le mot « theoria » (theion orao) signifie « voir le divin ». Pour la tradition qui culmine dans le stoïcisme, le divin se confond avec la structure ordonnée, juste, belle et bonne, de l'univers, ce que les Grecs désignent sous le nom de « cosmos » : l'essence la plus intime du monde est l'harmonie, l'ordre, en tout point comparable à un organisme vivant, de ce cosmos qui deviendra bientôt le « mundus » des Romains, au sein duquel chacun d'entre nous, à l'image d'un organe dans un grand corps, possède sa place, son « lieu naturel ».*

Rien n'est plus parfait que le monde (...) Le monde est un être animé, doué de conscience, d'intelligence et de raison.

*Cicéron – De la nature des dieux, II, XVII.*

Tout ce qui arrive, arrive justement ; c'est ce que tu découvriras si tu observes les choses avec exactitude (...) comme si quelqu'un vous attribuait votre part suivant votre dû.

*Marc-Aurèle – Pensées, IV, 10.*

Quoi qu'il t'arrive, cela était préparé d'avance pour toi de toute éternité et l'entrelacement des causes a, depuis toujours, filé ensemble ta substance et la rencontre de cet événement.

*Marc-Aurèle – Pensées, X, 5 (traduction Pierre Hadot).*

*Comme le soulignait Aristote, l'harmonie cosmique peut être contestée si l'on ne considère que le petit coin du monde habité par l'homme, le monde « sublunaire », qui n'a pas la perfection du monde céleste. Il faut se placer d'un point de vue supérieur pour voir l'harmonie de l'ensemble. C'est ce que fait le philosophe, qui saisit par la théorie la perfection du Tout, notamment en contemplant le mouvement admirablement régulier des planètes. La beauté de l'ordre cosmique peut néanmoins être perçue aussi dans les plus infimes fragments de l'univers, ce que Marc-Aurèle s'attache souvent à mettre en évidence.*

Les choses célestes et celles dont l'ordre est toujours le même ne peuvent être faites par l'homme.

*Chrysippe, cité par Cicéron – De la nature des dieux, Livre II, VI.*

Le monde doit être sage et la nature qui tient toutes choses embrassées doit exceller par la perfection de la rationalité (logos); ainsi le monde est Dieu et l'ensemble du monde est embrassé par une nature divine.

*Cicéron – De la nature des dieux, Livre II, XI.*

Toutes choses s'enchaînent réciproquement et leur liaison est sacrée; en quelque sorte, aucune chose n'est étrangère à une autre : tout est coordonné en effet et tout contribue à l'ordre d'un même monde; un seul monde résulte de tout, un seul Dieu est à travers tout, une seule substance, une seule loi qui est la Raison commune à tous les êtres intelligents, une seule vérité.

*Marc-Aurèle – Pensées, VII, 9 (traduction Pierre Hadot).*

La curiosité est un don de la Nature : ayant conscience de son génie et de sa beauté, elle nous a créés pour être les spectateurs d'un si merveilleux spectacle ; elle aurait perdu sa peine, si ces ouvrages si grands, si purs, si finement conformés, si brillants, riches de tant de beautés diverses, elle ne les offrait qu'au néant.

*Sénèque – Du loisir, V, 3.*

## B. – Une justice qui prend l'ordre cosmique pour modèle

*Comment doit-on vivre pour être juste dans ses relations avec autrui et avec la cité ? La réponse des Stoïciens ne fait aucun doute : s'ajointer ou s'ajuster au cosmos, voilà le mot d'ordre de toute action juste, le principe même de toute morale et de toute politique. Dans l'articulation des domaines de la philosophie, la « physique », dont la finalité est moins de produire une connaissance objective que de saisir l'essence ou la structure intime de la totalité du monde, précède donc l'éthique. C'est le réel lui-même, et non notre jugement sur le réel, qui s'avère être ainsi, en tant que divin, le fondement de valeurs éthiques et juridiques qui ne relèvent dès lors pas d'un « devoir être », comme chez les Modernes, mais sont au contraire « domiciliées dans la nature ». C'est ce qu'on pourrait nommer le « cosmologico-éthique », l'enracinement de l'éthique et des valeurs morales dans une cosmologie.*

Il n'est pas d'autre moyen ni plus convenable pour arriver à la théorie des biens et des maux, aux vertus et à la sagesse que de partir de la nature universelle et du gouvernement du monde (...) Car il faut rattacher à ces sujets la théorie des biens et des maux ; elle n'a pas de principe meilleur auquel se référer, et la physique n'est enseignée que pour s'étendre sur les biens et sur les maux.

*Chrysippe, cité par Plutarque – Des contradictions des Stoïciens, IX.*

Quant à l'homme, il est né pour contempler [theorein] et pour imiter le divin monde (...) Le monde possède la vertu, il est sage, et par conséquent il est Dieu.

*Cicéron – De la nature des Dieux, Livre III, XIV.*

Celui qui veut vivre en accord avec la nature doit partir de la vision d'ensemble du monde et de la providence. On ne peut porter des jugements vrais sur les biens et sur les maux sans connaître le système entier de la nature et de la vie des dieux ni savoir si la nature humaine est ou non en accord avec la nature universelle. Et l'on ne peut voir, sans la physique, quelle importance (et elle est immense) ont les anciennes maximes des sages : « Obéis aux circonstances ! », « suis Dieu ! », « connais-toi toi-même ! », « rien de trop ! », etc. Seule la connaissance de cette science peut nous enseigner ce que peut la nature dans la pratique de la justice, dans la conservation de nos amitiés et de nos attachements.

*Cicéron – Des fins des biens et des maux, Livre III, XXII.*

Qu'est-ce donc que la raison ? L'imitation de la nature. Quel est le souverain bien de l'homme ? Une conduite conforme à la nature.

*Sénèque – Lettre à Lucilius, VII, 66, 39.*

Une âme tournée vers le vrai, instruite de ce qu'il faut fuir et de ce qu'il faut rechercher, estimant les choses à leur valeur naturelle, abstraction faite de l'opinion, en communication avec tout l'univers et attentive à en explorer tous les secrets, se contrôlant elle-même dans ses actions comme dans ses pensées, pleine d'énergie et pleine de grandeur, invincible aux duretés autant qu'aux caresses, également fière vis-à-vis de la bonne ou la mauvaise fortune, dominant de très haut la contingence et l'accident, d'une beauté où la grâce et la force s'équilibrent en parfaite harmonie ; saine, tempérante, imperturbable, intrépide, qu'aucune violence ne brise, sur qui les événements sont sans pouvoir pour l'exalter ou pour l'abattre : une telle âme est la vertu.

*Sénèque – Lettres à Lucilius, VII, 66, 6.*

Dieu a introduit l'homme ici-bas pour le contempler, lui et ses œuvres... La nature aboutit pour nous à la contemplation, à la prise de conscience, à une manière de vivre en harmonie avec la nature. Veillez donc à ne pas mourir sans avoir contemplé toutes ces réalités.

*Épictète – Entretiens, I, 6.*

Dieu a fait tout ce qui est dans l'univers et l'univers dans son ensemble, libre de contrainte et indépendant, mais il a fait les parties du Tout pour l'utilité du Tout. Les autres êtres sont dépourvus de la capacité de comprendre l'administration divine, mais le vivant raisonnable possède les ressources intérieures qui lui permettent de réfléchir sur cet univers, sur le fait qu'il en est une partie, et quelle sorte de partie, et que c'est un bien pour les parties de céder au Tout.

*Épictète – Entretien, IV, 7*

Tout ce qui est accordé avec toi est accordé avec moi, ô Monde ! Rien de ce qui, pour toi, vient à point n'arrive, pour moi, trop tôt ou trop tard. Tout ce que produisent tes saisons, Ô nature, est fruit pour moi. De toi viennent toutes choses, en toi sont toutes choses, vers toi viennent toutes choses.

*Marc-Aurèle – Pensées, IV, 23.*

## C. – De l'amour de la sagesse à la pratique de la sagesse

*À quoi bon contempler l'ordre du monde? Pourquoi même la morale? Pourquoi s'efforcer de s'ajuster au cosmos? L'interrogation ultime du stoïcisme, comme de toute philosophie, est celle qui touche au salut. La philosophie apporte une réponse au défi de la finitude, par-delà les fausses consolations de la procréation et de la gloire. Platon et Aristote (1) avaient évoqué la possibilité pour le sage de conserver un lien avec l'éternité, c'est-à-dire avec le divin ordonnancement cosmique, à travers la médiation de l'intellect et de l'activité contemplative. Les Stoïciens (2) ajoutent cette idée que la mort n'est pas un anéantissement mais une transformation, le passage d'un mode d'être à un autre au sein de l'éternel univers dont nous ne sommes jamais qu'un fragment. Il faut, selon la belle formule d'Épictète, apprendre « à vivre et à mourir comme un dieu », c'est-à-dire comme un être conscient du fait que, mortel en un sens, il n'en est pas moins immortel en un autre (en tant que lui-même fragment de l'ordre cosmique éternel).*

## 1. Platon et Aristote : se rendre immortel autant qu'il est possible

Dieu nous l'a donnée {la partie supérieure de l'homme, l'intellect} comme un génie, et c'est le principe que nous avons dit logé au sommet de notre corps, et qui nous élève de la terre vers notre parenté céleste, car nous sommes une plante du ciel, non de la terre, nous pouvons l'affirmer en toute vérité. Car Dieu a suspendu notre tête et notre racine à l'endroit où l'âme fut primitivement engendrée et a ainsi dressé tout notre corps vers le ciel. Or quand un homme s'est livré tout entier à ses passions ou à ses ambitions et applique tous ses efforts à les satisfaire, toutes ses pensées deviennent nécessairement mortelles, et rien ne lui fait défaut pour devenir entièrement mortel, autant que cela est possible, puisque c'est à cela qu'il s'est exercé. Mais lorsqu'un homme s'est donné tout entier à l'amour de la science et à la vraie sagesse et que, parmi ses facultés, il a surtout exercé celle de penser à des choses immortelles et divines, s'il parvient à atteindre la vérité il est certain que, dans la mesure où il est donné à la nature humaine de participer à l'immortalité, il ne lui manque rien pour y parvenir.

*Platon – Timée, 90 b – c.*

Si l'intellect est quelque chose de divin par comparaison avec l'homme, la vie selon l'intellect est également divine comparée à la vie humaine. Il ne faut donc pas écouter ceux qui conseillent à l'homme, parce qu'il est homme, de borner sa pensée aux choses humaines, et parce qu'il est mortel, aux choses mortelles, mais l'homme doit, dans la mesure du possible, s'immortaliser et tout faire pour vivre selon la partie la plus noble qui est en lui [...] ce qui est propre à chaque chose est par nature ce qu'il y a de plus excellent et de plus agréable pour cette chose. Et pour l'homme, par suite, ce sera la vie selon l'intellect, s'il est vrai que l'intellect est au plus haut degré l'homme même. Cette vie là est donc aussi la plus heureuse.

*Aristote – Éthique à Nicomaque, X, 7.*

## 2. Les Stoïciens : la mort n'est pas à craindre, elle n'est qu'un passage car nous sommes un fragment éternel du cosmos

Et si tu as une telle envie de te prolonger dans le temps, dis-toi que de tous les êtres qui disparaissent pour retourner au sein de la nature, d'où ils sont venus et d'où ils sortiront bientôt encore, aucun ne s'anéantit. Tout cela finit, mais ne périt pas.

*Sénèque – Lettres à Lucilius, 36, 10.*

Les feuilles tombent, la figue sèche remplace la figue fraîche, le raisin sec la grappe mûre, voilà, selon toi, des paroles de mauvais augure ! En fait, il n'y a là que la transformation d'états antérieurs en d'autres ; il n'y a pas de destruction, mais un aménagement et une disposition bien réglés. L'émigration n'est qu'un petit changement. La mort en est un plus grand, mais il ne va pas de l'être actuel au non-être, mais au non être de l'être actuel – Alors je ne serai plus ? – Tu ne seras pas ce que tu es, mais autre chose dont le monde aura alors besoin.

*Épictète – Entretiens, Livre III, XXIV.*

Tu existes comme partie : tu disparaîtras dans le tout qui t'a produit, ou plutôt, par transformation, tu seras recueilli dans sa raison séminale.

*Marc-Aurèle – Pensées, IV, 14.*

Tu dépasseras de beaucoup toutes les créatures mortelles ; les dieux ne te dépasseront pas de beaucoup. Tu veux savoir quelle sera la différence entre eux et toi ? Ils dureront davantage. Mais, en vérité, c'est le propre d'un grand artiste d'avoir su enfermer le tout dans un espace insignifiant. Le sage est aussi à l'aise dans son existence que le dieu dans la suite des siècles. Et il est un point par où le sage dépasse le dieu : celui-ci doit à sa nature de ne point connaître la crainte ; notre sage le doit à lui-même.

*Sénèque – Lettres à Lucilius, 53, 11.*

Tel je me montrerai à vous, fidèle, consciencieux, généreux, calme ; exempt de la mort, de la vieillesse et des maladies ? non pas certes, mais mourant comme mourrait Dieu, malade comme le serait un dieu.

*Épictète – Entretiens, Livre II, VIII.*

*L'amour de la sagesse (philo-sophia) n'est pas encore la sagesse. Pour accéder à celle-ci, il faut des exercices concrets, qui concernent presque tous le rapport au temps, puisqu'il s'agit de se libérer des angoisses de la finitude. L'attachement au passé et le souci de l'avenir sont les deux maux qui pèsent sur la vie humaine. Le passé et le futur, qui n'ont en vérité pas d'existence, nous empêchent en effet de vivre pleinement la seule dimension du temps qui soit en notre possession, le présent.*

Il faut retrancher ces deux choses : la crainte de l'avenir, le souvenir des maux anciens. Ceux-ci ne me concernent plus et l'avenir ne me concerne pas encore.

*Sénèque – Lettres à Lucilius, 78, 14.*

Tout ce que tu souhaites atteindre par un long détour, tu peux l'avoir dès maintenant, si tu ne te le refuses pas à toi-même. Il suffit de laisser là tout le passé, de confier l'avenir à la providence et de diriger l'action présente vers la piété et la justice ; vers la piété pour aimer la part que la nature t'attribue ; car elle l'a produite pour toi et toi pour elle ; vers la justice, pour dire la vérité librement et sans détour et pour agir selon la loi et selon la valeur.

*Marc-Aurèle – Pensées, XII.*

Que l'image de ta vie entière ne te trouble jamais. Ne va pas songer à toutes les choses pénibles qui sont probablement survenues, mais à chaque moment présent demande-toi : qu'y a-t-il dans cet événement d'insupportable et d'irrésistible ? Souviens toi alors que ce n'est pas le passé ni l'avenir, mais le présent qui pèse sur toi.

*Marc-Aurèle – Pensées, VIII, 36.*

Souviens-toi que chacun ne vit que dans le moment présent, dans l'instant. Le reste, c'est le passé, ou un obscur avenir. Petite est donc l'étendue de la vie.

*Marc-Aurèle – Pensées, III, 10.*

*Les Stoïciens considèrent, comme le feront aussi les Bouddhistes, que l'espérance est un obstacle à la sagesse. Ces réalités imaginaires que sont le passé et l'avenir nous empêchent d'aimer le réel tel qu'il est. La vie bonne, c'est la vie sans espérance ni crainte, l'existence qui consent au destin, réconciliée avec le monde divin, harmonieux et bon. Le sage est celui qui parvient à regretter un peu moins le passé, à espérer un peu moins le futur, et à aimer un peu plus le présent. En ce sens, à l'encontre de ce qui sera l'un des piliers du christianisme, l'espérance est aux yeux des Stoïciens comme des Bouddhistes le pire des maux... Il ne faut jamais oublier dans la lecture des textes stoïciens que « Dieu » renvoie, non à un être personnel doué d'intentions et de conscience, mais à la structure présente et actuelle de l'ordre cosmique.*

J'ai vu chez Hécaton, un des nôtre {un philosophe stoïcien}, que l'extinction des désirs est, par surcroît, un des moyens opérants de combattre la peur. « Tu cesseras, dit-il, de craindre, si tu as cessé d'espérer. »

*Sénèque – Lettres à Lucilius, 5, 7.*

Le sage idéal abonde en joie, en gaité paisible. Rien ne saurait l'émouvoir. Il vit de pair avec les dieux. Et maintenant examine-toi. Jamais tu n'es d'humeur chagrine ? Nulle espérance n'éveille dans ton âme une attente de l'avenir ? (...) Alors tu es parvenu au comble du bonheur humain.

*Sénèque – Lettres à Lucilius, 59, 17.*

Réconcilie-toi avec le destin qui fait tout disparaître.

*Sénèque – Lettres à Lucilius, 91, 15.*

Le destin guide ceux qui lui sont dociles et tire ceux qui lui sont rebelles.

*Sénèque – Lettres à Lucilius, 107, 11.*

Chasse de ton esprit chagrin la peur, l'envie, la joie des maux d'autrui, l'avarice, la mollesse, l'incontinence. Mais il n'est pas possible de les chasser sans avoir égard à

Dieu seul, sans s'attacher à lui seul, sans se consacrer à suivre ses ordres. Si tu veux autre chose, tu te lamenteras, tu gémiras en suivant ceux qui sont plus forts que toi, en cherchant toujours hors de toi un bonheur que tu ne pourras jamais trouver ; c'est que tu le cherches là où il n'est pas et que tu négliges de le chercher là où il est.

*Épictète – Entretiens, II, XVI, 45-47.*

Il faut accorder notre volonté avec les événements de telle manière que nul événement n'arrive contre notre gré et qu'il n'y ait non plus nul événement qui n'arrive lorsque nous le voulons. L'avantage, pour ceux qui sont ainsi pourvus, c'est de ne pas échouer dans leurs désirs, de ne pas tomber sur ce qu'ils détestent, de vivre intérieurement une vie sans peine, sans crainte et sans trouble...

*Épictète – Entretiens, II, XIV, 7-8.*

Ne cherche pas à ce que ce qui arrive arrive comme tu le veux, mais veuille que ce qui arrive arrive comme il arrive, et tu seras heureux.

*Épictète – Manuel, § 8.*

*Comme les Bouddhistes, là encore, les Stoïciens plaident pour l'attitude de non-attachement à l'égard de ce qui est impermanent et ne dépend pas de nous. Ce sont en effet nos attachements qui nous condamnent aux tourments de la nostalgie et de l'espérance. La raison qui nous guide et nous invite à vivre conformément à la nature cosmique nous purifie des passions qui troublent la sérénité. Il faut se contenter du présent, l'aimer assez pour ne rien désirer d'autre ni regretter quoi que ce soit.*

Dis-toi, chaque fois que l'événement sera contraire à ton attente : « Les dieux ont mieux jugé que moi. » Quand l'âme est ainsi disposée, rien ne peut plus nous arriver, mais on arrive à cette disposition que si l'on s'est représenté la loi des vicissitudes humaines en toute sa portée avant d'en avoir subi les effets : si l'on a enfants, femme, patrimoine en se disant qu'en tout cas on ne les possédera pas toujours et que si la possession échappe, on n'en sera pas pour cela plus malheureux.

*Sénèque – Lettres à Lucilius, 98, 5.*

Perds sans regret ce que tu vois périr, puisqu'il faut périr.

*Sénèque – Lettres à Lucilius, 98, 10.*

Tu as donc tant d'indignation ou de chagrin ? Tu ne comprends pas qu'il n'y a dans ce qui t'émeut pas d'autre mal que ton indignation et tes plaintes ! Veux-tu que je te dise ? À mes yeux le seul malheur auquel est exposé un homme, c'est qu'il existe dans toute la nature quelque chose qui soit pour lui un malheur.

*Sénèque – Lettres à Lucilius, 96, 1.*

Le premier et principal exercice, celui qui mène d'emblée aux portes du bien, c'est, lorsqu'une chose nous attache, de considérer qu'elle n'est pas de celles qu'on ne peut vous enlever, qu'elle est du même genre qu'une marmite ou une coupe de cristal, dont on ne se trouble pas lorsqu'elle se brise, parce qu'on se rappelle ce qu'elle est. Il en est de même ici : si tu embrasses ton enfant, ton frère ou ton ami, ne t'abandonne pas sans réserve à ton imagination (...) rappelle-toi que tu aimes un mortel, un être qui n'est aucunement toi-même. Il t'a été accordé pour le moment, mais pas pour toujours, ni sans qu'il puisse t'être enlevé (...) Quel mal y a-t-il à murmurer entre ses dents, tout en embrassant son enfant : « demain il mourra ».

*Épictète – Entretiens, III, 84-89.*

Si, dis-je, tu sépares de cette faculté directrice tout ce qui s'y est joint en conséquence des passions, tout ce qui est au-delà du présent et tout le passé, tu feras de toi-même, comme dit Empédocle, « une sphère bien ronde, fière dans la joie de sa solitude ». Tu t'exerceras à vivre dans le seul moment où tu vis, c'est-à-dire dans le présent ; et tu pourras passer tout le temps qui te reste jusqu'à ta mort, sans trouble, noblement et d'une manière agréable à ton propre démon.

*Marc-Aurèle – Pensées, XII, 3.*

*Le gain spirituel visé par les Stoïciens est double : d'une part l'épanouissement de la capacité de vivre au présent abolit la différence entre le présent et l'éternité, faisant de chaque instant de réconciliation avec le monde un instant d'éternité (a); d'autre part le sage qui adopte le point de vue de l'harmonie générale se prépare à accepter les maux qui affectent nécessairement la condition humaine, tels que la maladie, les deuils, la vieillesse et la mort. Comme dans le bouddhisme là encore, la pensée stoïcienne du salut s'écrit ainsi au futur antérieur : « Quand la catastrophe aura eu lieu, je m'y serai préparé et j'en serai donc en un sens sauvé » (b)*

### a) Vivre l'instant présent – *carpe diem* (Horace), *amor fati* (Nietzsche)

Hâte-toi de vivre et compte chaque journée pour une vie distincte. L'homme qui s'est donné cette armature, celui qui a vécu chaque jour sa vie complète, possède la sécurité ; mais qui a l'espoir comme raison de vivre voit le présent lui échapper d'heure en heure. Alors entre en lui, avec l'appétit de la durée, ce sentiment si misérable qui rend toutes choses si misérables : la peur de la mort.

*Sénèque – Lettres à Lucilius, 101, 10.*

Quel est le principal caractère de la vertu ? C'est de n'avoir pas besoin de l'avenir et de ne pas compter ses jours. Un instant lui suffit pour goûter dans leur plénitude les biens éternels.

*Sénèque – Lettres à Lucilius, 92, 25.*

Que l'on dessine un cercle grand ou petit, la différence porte sur l'aire qu'il renferme, non sur la forme. Que l'un subsiste longtemps, que tout de suite on efface l'autre et qu'il se perde dans la poussière où il fut tracé, ils avaient tous deux forme identique

(...) D'une vie conforme au bien retranche, sur l'espace d'un siècle, autant qu'il te plaira, fais-la tenir dans un jour : c'est, au même degré, une vie conforme au bien.

*Sénèque – Lettres à Lucilius, 74, 27.*

Il faut accomplir chaque action de la vie comme si c'était la dernière.

*Marc-Aurèle – Pensées, II, 5.*

Voici la morale parfaite : vivre chaque jour comme si c'était le dernier ; ne pas s'agiter, ne pas sommeiller, ne pas faire semblant.

*Marc-Aurèle – Pensées, VII, 69.*

## b) Vivre au futur antérieur

Il n'arrive rien au sage contre son attente : nous ne le soustrayons pas aux accidents humains, mais bien aux erreurs humaines, et toutes choses lui adviennent, non pas selon ses désirs, mais selon ses prévisions. Or ce qu'il prévoit avant tout, c'est que des obstacles peuvent toujours contrecarrer ses projets. N'est-il d'ailleurs pas évident que la peine causée par une déception est bien plus légère quand on ne s'est pas formellement promis le succès d'avance.

*Sénèque – De la tranquillité de l'âme, XIII, 3.*

Homme, je me tiens prêt aux accidents de l'humaine condition. D'un mal qu'on s'est représenté d'avance le choc arrive amorti. Mais aux sots qui ont foi en la Fortune, toujours les événements de ce monde présentent un aspect nouveau et surprenant. (...) C'est pourquoi le sage se rend familiers les maux à venir. (...) Le sage sait toujours que le coup devait lui arriver; quoi qu'il advienne, il peut dire : « je le savais. »

*Sénèque – Lettres à Lucilius, 76, 33-35.*

L'heure me trompe lorsqu'elle m'épargne; mais non! même alors elle ne me trompe pas. Car je sais que tous les accidents sont possibles, je sais aussi qu'ils ne se produisent pas dans tous les cas. C'est pourquoi j'attends la prospérité en homme préparé à l'adversité.

*Sénèque – Lettres à Lucilius, 88, 17.*

S'il arrive un de ces accidents qu'on appelle désagréables, ce qui, dès l'abord, allégera ta peine, c'est qu'il n'était pas inattendu (...) Tu te diras : « je savais que j'étais mortel. Je savais que je pouvais quitter mon pays, je savais que l'on pouvait m'exiler, je savais qu'on pouvait me conduire en prison. »

Ensuite, si tu fais un retour sur toi-même, et si tu cherches de quel domaine fait partie l'accident, tu te souviendras tout de suite qu'il est du domaine des choses qui ne dépendent pas de notre volonté, qui ne sont pas nôtres.

*Épictète – Entretiens, Livre III, XXIV.*

## III. – La victoire du christianisme sur la philosophie grecque

*Le christianisme, comme toute religion, est à bien des égards antiphilosophique : philosopher plutôt que croire c'est, du moins aux yeux des philosophes, préférer la lucidité au confort de la consolation, la liberté à la foi. Sans l'exploration de la vision chrétienne du monde, il serait toutefois impossible de comprendre la nature exacte de la philosophie occidentale, ni le sens de son histoire. Il faut bien d'une part expliquer pourquoi la pensée chrétienne a pris le dessus sur la philosophie grecque au point de dominer l'Europe jusqu'à la Renaissance. Il est d'autre part nécessaire de bien mesurer l'apport considérable du christianisme à la philosophie moderne, notamment sur le plan moral.*

### A. – La rupture théorique du christianisme avec le monde grec

*Cette rupture est double : 1) le divin cesse de s'identifier à l'ordre cosmique pour s'incarner dans une personne – le Christ ; 2) la religion nous invite à limiter l'usage de la raison pour laisser la place à la foi.*

*Le christianisme valorise alors l'humilité, qu'il oppose à l'orgueil des philosophes. C'est même une double humilité qui se voit promue : du côté de l'objet, de la réalité du divin, l'humilité d'un Dieu qui accepte de « s'abaisser » jusqu'à se faire homme parmi les hommes – « scandale pour les Juifs et folie pour les Grecs », dira Saint Paul; du côté du sujet, humilité du croyant qui – à la différence des « superbes », c'est-à-dire des philosophes pleins d'orgueil dénoncés par Augustin – renonce à l'usage dominateur de sa raison pour faire place à la foi, plaçant ainsi toute sa confiance dans la parole de Jésus.*

Dieu n'a-t-il pas frappé de folie la sagesse du monde ? Puisqu'en effet, le monde, par le moyen de la sagesse, n'a pas reconnu Dieu dans la sagesse de Dieu, c'est par la folie de la proclamation qu'il a plu à Dieu de sauver ceux qui croient. Alors que les Juifs demandent des miracles et que les Grecs cherchent la sagesse, nous proclamons, nous, un Christ crucifié, scandale pour les Juifs et folie pour les Grecs, qui sont appelés puissance de Dieu et sagesse de Dieu. Car ce qui est folie de Dieu est plus sage que les hommes, et ce qui est faiblesse de Dieu est plus fort que les hommes.

*Nouveau Testament – Saint Paul, Première Épître aux Corinthiens.*

Les superbes ont dédaigné de prendre ce Dieu pour maître, parce que le « Verbe a été fait chair et a habité parmi nous » (...) Pour consentir à cette vérité, il vous fallait l'humilité, vertu qu'il est si difficile à persuader à vos têtes hautaines. Qu'y a-t il donc d'incroyable, pour vous surtout, dont les doctrines vous invitent même à cette croyance, qu'y a-t-il d'incroyable quand nous disons que Dieu a pris l'âme et le corps de l'homme ? (...) Oui, pourquoi des opinions qui sont les vôtres, et qu'ici vous combattez, vous détournent-elles d'être chrétiens, sinon parce que le Christ est venu dans l'humilité, et que vous êtes superbes ?

*Saint Augustin – La cité de Dieu, Livre X, chapitre XIX.*

Enflés d'orgueil par la haute opinion qu'ils se font de leur science, ils n'écoutent pas le Christ quand il dit : « apprenez de moi que je suis doux et humble de cœur et vous trouverez le repos de vos âmes ».

*Saint Augustin – Confession, Livre VII, chapitre IX.*

## B. – L'éthique chrétienne : la naissance de l'idée moderne d'humanité

*Sur le plan moral, le christianisme, lui-même profondément héritier du judaïsme, introduit l'idée que l'humanité est foncièrement une et que les hommes sont égaux en dignité. Il subvertit ainsi l'éthique aristocratique du monde antique et prépare l'avènement de la philosophie et de la démocratie modernes. Les grandes cosmologies grecques prenaient la nature pour norme. Elles définissaient la vertu, ou l'excellence, comme la réalisation aussi parfaite que possible, pour chaque être, de ce qui constitue sa nature et indique par là sa « fonction » ou sa finalité – ce qu'illustre le texte d'Aristote (384-322 av. J.-C.) dans lequel il évoque la « vertu » de l'œil ou du cheval. C'est la raison pour laquelle* Éthique à Nicomaque, *sans doute le livre de morale le plus représentatif de l'Antiquité grecque, commence par une réflexion sur la finalité spécifique qui est celle de l'homme parmi les autres êtres.*

*La vertu, selon l'éthique aristocratique des Grecs, se confond avec l'excellence d'une nature bien douée. C'est dans la nature innée de chacun que doit se lire sa destinée ultime. En rupture avec cette éthique cosmologique, le christianisme apporte l'idée que la valeur d'un être humain – sa dignité – ne dépend pas de ses dons ou de ses talents naturels, mais de l'usage qu'il en fait, de sa liberté donc, et non de sa nature. C'est ce thème qu'illustre à merveille la parabole des talents.*

C'est comme un homme qui, partant en voyage, appela ses serviteurs et leur remit sa fortune. À l'un il donna cinq talents, deux à un autre, un seul à un troisième, à chacun selon ses capacités, et puis il partit. Aussitôt celui qui avait reçu les cinq talents alla les faire produire et en gagna cinq autres. De même celui qui en avait reçu deux en gagna deux autres. Mais celui qui n'en avait reçu qu'un s'en alla faire un trou en terre et enfouit l'argent de son maître. Après un long temps, le maître de ces serviteurs arrive et il règle ses comptes avec eux. Celui qui avait reçu les cinq talents s'avança et présenta cinq autres talents : « Seigneur, dit-il, tu m'as remis cinq talents : voici cinq autres talents que j'ai gagnés. – C'est bien, serviteur bon et fidèle, lui dit son maître, en peu de choses tu as été fidèle, sur beaucoup je t'établirai ; entre dans la joie de ton seigneur ». Vint ensuite celui qui avait reçu deux talents : « Seigneur, dit-il, tu m'as remis deux talents : voici deux autres talents que j'ai gagnés. – C'est bien, serviteur bon et fidèle, lui dit son maître, en peu de choses tu as été fidèle, sur beaucoup je t'établirai ; entre dans la joie de ton seigneur ». Vint enfin celui qui détenait un seul talent : « Seigneur, dit-il, j'ai appris à te connaître pour un homme âpre au gain : tu moissonnes où tu n'as point semé, et tu ramasses où tu n'a rien répandu. Aussi, pris de peur, je suis allé cacher ton talent dans la terre : le voici, tu as ton bien ». Mais son maître lui répondit : « Serviteur mauvais et paresseux! tu savais que je moissonne où je n'ai pas semé, et que je ramasse où je n'ai rien répandu? Eh bien! tu aurais dû placer mon argent chez les banquiers, et à mon retour j'aurais recouvré mon bien avec un intérêt. Enlevez-lui donc son talent et donnez-le à celui qui a les dix talents. Car à tout homme qui a, l'on donnera et il aura du surplus; mais à celui qui n'a pas, on enlèvera ce qu'il a. Et ce propre-à-rien de serviteur, jetez-le dehors, dans les ténèbres : là serons les pleurs et les grincements de dents. »

*Évangile selon Matthieu.*

*Le christianisme introduit un deuxième bouleversement, directement lié au premier : il consiste à poser que, sur le plan moral, l'esprit est plus important que la lettre, le « forum intérieur » plus décisif que l'observance littérale de la loi de la cité, laquelle ne reste jamais qu'une loi extérieure. L'épisode de la femme adultère illustre la manière dont le Christ renvoie chacun à sa conscience, à son for intérieur, pour juger du bien et du mal.*

Et ils s'en allèrent chacun chez soi. Quant à Jésus, il alla au mont des Oliviers. Mais dès l'aurore, de nouveau il fut dans le Temple, et tout le peuple venait à lui, et s'étant assis, il les enseignait. Or les scribes et les Pharisiens amènent une femme surprise en adultère et, la plaçant au milieu, ils disent à Jésus : « Maître, cette femme a été surprise en flagrant délit d'adultère. Or, dans la Loi, Moïse nous a prescrit de lapider ces femmes-là. Toi donc, que dis-tu ? » Ils disaient cela pour le mettre à l'épreuve, afin d'avoir matière à l'accuser. Mais Jésus, se baissant, se mit à écrire avec son doigt sur le sol. Comme ils persistaient à l'interroger, il se redressa et leur dit : « Que celui d'entre vous qui est sans péché lui jette le premier une pierre ! » Et se baissant de nouveau, il écrivait sur le sol. Mais eux, entendant cela, s'en allèrent un à un, à commencer par les plus vieux ; et il fut laissé seul, avec la femme toujours là au milieu. Alors, se redressant, Jésus lui dit : « Femme, où sont-ils ? Personne ne t'a condamnée ? » Elle dit : « Personne, Seigneur. » Alors Jésus dit : « Moi non plus, je ne te condamne pas. Va, désormais ne pèche plus ».

*Évangile selon Jean – La femme adultère.*

*Avec le christianisme, c'est l'idée moderne d'humanité qui fait son entrée en scène. La notion grecque de « barbare » – synonyme d'étranger – tend à disparaître au profit de l'idée que l'humanité est une. On peut dire en ce sens que le christianisme est la première morale universaliste et qu'il est à l'origine de la conception moderne des droits de l'Homme qui, à bien des égards, n'en sont que la version sécularisée.*

Bien sûr, ils {les penseurs Grecs} essaient de nous convaincre que Dieu s'occupe de l'univers dans son ensemble, des genres et des espèces. Mais de moi, de toi, de chacun en particulier, il n'en va pas de même, car autrement, nous ne le prierions pas jour et nuit !

*Saint Justin (vers 100 – 165) – Dialogue avec Tryphon.*

La providence divine pourvoit aux intérêts, non seulement de chaque homme, si l'on peut dire, en privé, mais de tout le genre humain, en quelque sorte officiellement. Son action sur les individus, Dieu qui en est l'auteur la connaît et les bénéficiaires aussi ; son action sur le genre humain, il a bien voulu nous la manifester par l'histoire et la prophétie.

*Saint Augustin – De la vraie religion, XXV, 46.*

*Avec le christianisme, l'amour, plus fort que la mort, devient la clef du salut. Il ne s'agit pas de n'importe quel amour, mais de ce que les penseurs chrétiens vont nommer « l'amour en Dieu », à égale distance de l'amour-attachement, qui ne supporte pas la mort, et de la compassion universelle – l'amour du « prochain », qui porte sur l'autre en général, de manière anonyme, un être abstrait auquel on n'est pas attaché et que l'on aide par devoir. On rencontrera donc dans le christianisme, deux attitudes face à l'amour d'attachement : dans un premier temps, comme dans le stoïcisme et le bouddhisme, on trouve une réserve à l'égard des liens temporels (amoureux, familiaux ou amicaux) qui nous attachent et nous vouent au malheur, puisque la chair est mortelle... Mais dans un second temps, si le lien entre les mortels se place « en » Dieu, sous son égide (ce qui donne le sens du mariage : un accord de deux êtres sous l'égide d'un troisième), alors l'amour peut s'autoriser à nouveau l'attachement puisqu'il est désormais voué à l'éternité.*

Qui sème dans sa chair, récoltera de la chair la corruption ; qui sème dans l'esprit, récoltera de l'esprit la vie éternelle.

*Saint Paul – Épître aux Galates, VI, 8.*

Car de quelque côté que se tourne l'âme de l'homme, et quoi qu'elle recherche pour y trouver son repos, elle n'y trouve que des douleurs jusqu'à se qu'elle se repose en Vous, quoique les choses qu'elle recherche hors d'elle et hors de Vous soient toutes belles, parce qu'elles sont vos créatures, qui ne seraient rien du tout si elles n'avaient reçu de Vous tout ce qu'elles sont. Elles naissent, et meurent : en naissant elles commencent d'être ; elles croissent ensuite pour venir à la perfection de leur nature, à laquelle elles ne sont pas plutôt arrivées qu'elles vieillissent et qu'elles meurent. Car tout dépérit en ce monde, tout est sujet à la défaillance et à la mort. (...) Que mon âme Vous loue de toutes ces choses, ô mon Dieu, mais qu'elle ne s'y attache point par cet amour violent qui la tient captive lorsqu'elle s'abandonne aux plaisirs des sens. Car comme ces créatures périssables passent et courent à leur fin, elle est déchirée par ces différentes passions qu'elle a pour elles et qui la tourmentent sans cesse ; parce que l'âme, désirant naturellement se reposer dans ce qu'elle aime, il est impossible qu'elle se repose dans ces choses passagères puisqu'elles n'ont point de subsistance et qu'elles sont dans un flux et un mouvement perpétuel.

*Saint Augustin – Confessions, Livre IV, chapitre X.*

Vous cherchez une vie heureuse dans la région de la mort : vous ne l'y trouverez point. Car comment trouverait-on la vie heureuse là où il n'y a même pas la vie ?

*Saint Augustin – Confessions, Livre IV, chapitre XII.*

Il est injuste qu'on s'attache à moi, quoiqu'on le fasse avec plaisir et volontairement. Je tromperais ceux à qui j'en ferais naître le désir, car je ne suis la fin de personne et n'ai pas de quoi les satisfaire. Ne suis-je pas prêt de mourir ? Et ainsi l'objet de leur attachement mourra. Donc, comme je serais coupable de faire croire une fausseté, quoique je la persuadasse doucement et qu'on la crût avec plaisir, et qu'en cela on me fit plaisir, de même, je suis coupable de me faire aimer. Et si j'attire les gens à s'attacher à moi, je dois avertir ceux qui seraient prêts à consentir au mensonge, qu'ils ne le doivent pas croire, quelque avantage qu'il m'en revînt ; et, de même, qu'ils ne doivent pas s'attacher à moi, car il faut qu'ils passent leur vie et leurs soins à plaire à Dieu ou à le chercher.

*Blaise Pascal (1620 -1662) – Pensées (édition Brunschvicg 471).*

*C'est dans le livre IV des* Confessions *de Saint Augustin qu'on saisit le mieux comment la critique de l'amour-attachement conduit à la justification de l'amour en Dieu. Augustin y évoque l'amour humain, l'amour d'êtres finis et mortels, comme la plus belle et la plus tragique des affections, avant d'affirmer qu'il peut être « sauvé » lorsque l'objet de l'attachement n'est pas mortel, c'est-à-dire lorsque les humains vivent et aiment « en Dieu », confiants en la promesse de résurrection.*

Car d'où venait que cette affliction m'avait si aisément pénétré le cœur, sinon de ce que j'avais répandu mon âme sur l'instabilité d'un sable mouvant, en aimant une personne mortelle comme si elle eût été immortelle ?

*Saint Augustin – Confessions, Livre IV, chapitre VIII.*

Ces témoignages d'affection et autres semblables, qui procèdent du cœur de ceux qui s'entr'aiment (...) étaient comme autant d'étincelles de ce feu de l'amitié qui embrase nos âmes, et de plusieurs n'en fait qu'une seule. C'est là ce qu'on aime dans les amis ; et que l'on aime de telle sorte, qu'une personne s'estime coupable lorsqu'elle n'aime point celui qui l'aime sans rechercher autre chose l'un de l'autre que des témoignages d'affection. C'est de là que procèdent nos plaintes et les ténèbres de notre douleur, quand la mort nous enlève nos amis. C'est ce qui change en amertume les douceurs dont nous jouissions auparavant. C'est ce qui noie notre cœur dans nos larmes, et fait que la perte de la vie de ceux qui meurent devient la mort de ceux qui restent en vie.

*Saint Augustin – Confessions, Livre IV, chapitres VIII et IX.*

Seigneur, bienheureux celui qui vous aime et qui aime son ami en vous, et son ennemi pour l'amour de vous. Car celui là seul ne perd aucun de ses amis qui n'en aime aucun que dans Celui qui ne se peut jamais perdre. Et qui est Celui-là, sinon notre Dieu (...) Nul ne vous perd, Seigneur, que celui qui vous abandonne.

*Saint Augustin – Confessions, Livre IV, chapitre IX.*

Que si les âmes te plaisent, aime-les en Dieu, parce qu'elles sont errantes et muables en elles-mêmes, et qu'elles sont fixes et immobiles en Lui, de qui elles tiennent toute la solidité de leur être, et sans qui elles s'écrouleraient et périraient (...) Attachez-vous fortement à Lui, et vous serez inébranlables.

*Saint Augustin – Confessions, Livre IV, chapitre XII.*

*La résurrection des corps est le point culminant de la doctrine chrétienne du salut. Dans le Stoïcisme, comme dans le Bouddhisme, l'individu n'est qu'une illusion. La promesse de salut reste impersonnelle, le moi étant voué à se fondre dans la totalité du cosmos. Le christianisme promet au contraire l'immortalité de la personne singulière, avec son âme, bien sûr, mais surtout, avec son corps, son visage, ses expressions, sa voix aimée dès lors que cette personne sera sauvée par la grâce de Dieu. La « bonne nouvelle » de la résurrection du Christ constitue donc l'alpha et l'oméga de la doctrine chrétienne du salut, laquelle ne promet pas simplement de vaincre la peur de la mort, mais bien la mort elle-même. Augustin, évoquant la mort de sa mère intervenue après sa conversion au christianisme, témoigne de la sérénité des deuils vécus dans la perspective de la résurrection.*

Or si l'on prêche que le Christ est ressuscité des morts, comment certains parmi vous peuvent-ils dire qu'il n'y a pas de résurrection des morts ? S'il n'y a pas de résurrection des morts, le Christ non plus n'est pas ressuscité. (...) Et si le Christ n'est pas ressuscité, vaine est notre foi (...) Alors aussi ceux qui se sont endormis dans le Christ ont péri. Si nous qui sommes dans le Christ n'avons d'espoir que cette vie, nous sommes les plus à plaindre des hommes.

*Saint Paul – Première Épître aux Corinthiens, 15, 12-19.*

Et si l'Esprit de Celui qui a ressuscité Jésus d'entre les morts habite en vous, Celui qui a ressuscité le Christ Jésus d'entre les morts donnera aussi la vie à vos corps mortels par son Esprit qui habite en vous.

*Saint Paul – Épître aux Romains 8, 11.*

Il se passa quelque chose de semblable dans mon cœur, où ce qu'il y avait de faible et qui tenait de l'enfance se laissant aller aux pleurs était réprimé par la force de la raison et se taisait. Car nous ne croyions pas qu'il fût juste d'accompagner ses funérailles de larmes, de plaintes et de soupirs, parce que l'on s'en sert d'ordinaire pour déplorer le malheur des morts, et comme leur entier anéantissement : au lieu que la mort de ma mère n'avait rien de malheureux et qu'elle était encore vivante dans la principale partie d'elle-même.

*Saint Augustin – Confessions, Livre IX, chapitre XII.*

## IV. – L'humanisme, ou la naissance de la philosophie moderne

*Le monde moderne naît avec l'effondrement de la cosmologie antique et une mise en question sans précédent des autorités religieuses. L'origine intellectuelle de ces deux mouvements est la révolution scientifique qui s'accomplit en Europe dans la période qui va de la publication de l'ouvrage de Copernic sur* Les Révolutions des orbites célestes *(1543) jusqu'à celle des* Principia mathematica *de Newton (1667), en passant par les* Principes de la philosophie *de Descartes (1644) et la publication des thèses de Galilée sur* Les Rapports de la Terre et du Soleil *(1632). La disparition de l'idée d'un cosmos harmonieux, qui fait suite à cette révolution, a littéralement bouleversé les esprits de l'époque. Ce dont témoigne le poète anglais John Donne ou, un peu plus tard, le sentiment de désarroi que Pascal prête au « libertin » – l'athée qui, privé de la présence de Dieu, se retrouve nu au sein d'un monde sans âme et sans ordre que la science moderne a vidé de son sens.*

La philosophie nouvelle rend tout incertain,
L'élément du feu est tout à fait éteint ;
Le soleil est perdu et la terre ; et personne aujourd'hui
Ne peut plus nous dire où chercher celle-ci [...]
Tout est en morceaux, toute cohérence disparue.
Plus de rapports justes, rien ne s'accorde plus.

*John Donne (1572-1631) – Anatomy of the world, First Anniversary (1611).*

Je vois ces effroyables espaces de l'univers qui m'enferment, et je me trouve attaché à un coin de cette vaste étendue, sans que je sache pourquoi je suis plutôt placé en ce lieu qu'en un autre, ni pourquoi ce peu de temps qui m'est donné à vivre m'est assigné à ce point plutôt qu'en un autre de toute l'éternité qui m'a précédé et de toute celle qui me suit. Je ne vois que des infinités de toutes parts, qui m'enferment comme un atome et comme une ombre qui ne dure qu'un instant sans retour.

*Blaise Pascal (1620 -1662) – Pensées (édition Brunschvicg 194).*

Quand je considère la petite durée de ma vie, absorbée dans l'éternité précédent et suivant le petit espace que je remplis et même que je vois, abîmé dans l'infini immensité des espaces que j'ignore et qui m'ignorent, je m'effraie et m'étonne de me voir ici plutôt que là, car il n'y a point de raison pourquoi ici plutôt que là, pourquoi à présent plutôt que lors. Qui m'y a mis? Par l'ordre et la conduite de qui ce lieu et ce temps a-t-il été destiné à moi?

*Blaise Pascal – Pensées (205).*

Le silence éternel de ces espaces infinis m'effraie.

*Blaise Pascal – Pensées (206).*

## A. – La naissance de l'esprit critique

*Faible et perdu dans l'immensité et le silence des espaces infinis, égaré dans ce monde qui n'a plus rien d'un ordre organisé, d'un « cosmos », l'homme peut néanmoins s'appuyer sur ce qui fait sa grandeur, la pensée. C'est Descartes qui va faire du terrible doute lié au sentiment de la disparition des mondes anciens une force, une « méthode » permettant de faire table rase du passé afin de reconstruire à nouveaux frais tout l'édifice de la pensée philosophique. La certitude du Moi pensant est la seule chose qui résiste à l'épreuve du doute hyperbolique : la souveraineté du « sujet » se voit ainsi consacrée. L'humanisme moderne est un anthropocentrisme, une vision du monde qui place l'homme (sa raison et sa volonté) au centre de tout, et non plus le cosmos ou la divinité.*

L'homme n'est qu'un roseau, le plus faible de la nature ; mais c'est un roseau pensant. Il ne faut pas que l'univers entier s'arme pour l'écraser : une vapeur, une goutte d'eau, suffit pour le tuer. Mais, quand l'univers l'écraserait, l'homme serait encore plus noble que ce qui le tue, parce qu'il sait qu'il meurt, et l'avantage que l'univers a sur lui, l'univers n'en sait rien.

*Blaise Pascal – Pensées (347).*

J'avais dès longtemps remarqué que, pour les mœurs, il est besoin quelquefois de suivre des opinions qu'on sait être fort incertaines, tout de même que si elles étaient indubitables (...) ; mais, parce qu'alors je désirais vaquer seulement à la recherche de la vérité, je pensai qu'il fallait que je fisse tout le contraire, et que je rejetasse, comme absolument faux, tout ce en quoi je pourrais imaginer le moindre doute, afin de voir s'il ne resterait point, après cela, quelque chose en ma créance, qui fût entièrement indubitable. Ainsi, à cause que nos sens nous trompent quelquefois, je voulus supposer qu'il n'y avait aucune chose qui fût telle qu'ils nous la font imaginer. Et parce qu'il y a des hommes qui se méprennent en raisonnant, même touchant les plus simples matières de géométrie, et y font des paralogismes, jugeant que j'étais sujet à faillir, autant qu'aucun autre, je rejetai comme fausses toutes les raisons que j'avais prises auparavant pour démonstrations. Et enfin, considérant que toutes les mêmes pensées, que nous avons étant éveillés, nous peuvent aussi venir, quand nous dormons, sans qu'il y en ait aucune, pour lors, qui soit vraie, je me résolus de feindre que toutes les choses qui m'étaient jamais entrées en l'esprit n'étaient non plus vraies que les illusions de mes songes. Mais, aussitôt après, je pris garde que, pendant que je voulais ainsi penser que tout était faux, il fallait nécessairement que moi, qui le pensais, fusse quelque chose. Et remarquant que cette vérité : je pense, donc je suis, était si ferme et si assurée, que toutes les plus extravagantes suppositions des sceptiques n'étaient pas capables de l'ébranler, je jugeai que je pouvais la recevoir, sans scrupule, pour le premier principe de la philosophie que je cherchais.

*René Descartes (1596-1650) – Discours de la Méthode pour bien conduire sa raison et chercher la vérité dans les sciences, 4e partie (1637).*

*Le siècle des Lumières, écrit Kant dans la* Critique de la raison pure, *est « le siècle de la critique ». Il se caractérise notamment par la mise en œuvre du principe cartésien du refus des arguments d'autorité dans les domaines de la religion et de la politique. Les hommes sont invités à « sortir de l'état de minorité » pour accéder à l'autonomie intellectuelle. Au début du siècle suivant, Tocqueville met en évidence le lien qui unit l'esprit critique et la démocratie : l'époque moderne, depuis la réforme luthérienne jusqu'à la Révolution française – qui fait sortir la méthode cartésienne des écoles – tend à la généralisation de l'esprit critique, l'égalité des conditions et l'indépendance de la conscience individuelle progressant de concert.*

Les lumières se définissent comme la sortie de l'homme hors de l'état de minorité, où il se maintient par sa propre faute. La *minorité* est l'incapacité de se servir de son propre entendement sans être dirigé par un autre. Elle est *due à notre propre faute* quand elle résulte non pas d'un manque d'entendement, mais d'un manque de résolution et de courage pour s'en servir sans être dirigé par un autre. *Sapere aude!* Aie le courage de te servir de ton *propre* entendement! Voilà la devise des lumières.

*Emmanuel Kant (1724-1804) – Réponse à la question : Qu'est-ce que les Lumières ? (1784).*

Au XVI^e^ siècle, les réformateurs soumettent à la raison individuelle quelques-uns des dogmes de l'ancienne foi; mais ils continuent à lui soustraire la discussion de tous les autres. Au XVII^e^, Bacon, dans les sciences naturelles, et Descartes dans la philosophie proprement dite, abolissent les formules reçues, détruisent l'empire des traditions et renversent l'autorité du maître. Les philosophes du XVIII^e^ siècle, généralisant enfin le même principe, entreprennent de soumettre à l'examen individuel de chaque homme l'objet de toutes ses croyances. Qui ne voit que Luther, Descartes et Voltaire se sont servis de la même méthode, et qu'ils ne diffèrent que dans le plus ou moins grand usage qu'ils ont prétendu qu'on en fit ? D'où vient que les réformateurs se sont si étroitement renfermés dans le cercle des idées religieuses ? Pourquoi Descartes, ne voulant se servir de sa méthode qu'en certaines matières, bien qu'il l'eût mise en état de s'appliquer à toutes, a-t-il déclaré qu'il ne fallait juger par soi-même que les choses de philosophie et non de politique ? Comment est-il arrivé qu'au XVIII$^{e}$ siècle, on ait tiré tout à coup de cette même méthode des applications générales que Descartes et ses prédécesseurs n'avaient point aperçues ou s'étaient refusé à découvrir ? D'où vient enfin qu'à cette époque la méthode dont nous parlons est soudainement sortie des écoles pour pénétrer la société et devenir la règle commune de l'intelligence, et qu'après avoir été populaire chez les Français, elle a été ostensiblement adoptée ou secrètement suivie par tous les peuples de l'Europe ? (...) Elle a été découverte à une époque où les hommes commençaient à s'égaliser et à se ressembler. Elle ne pouvait être généralement suivie que dans des siècles où les conditions étaient enfin devenues à peu près pareilles et les hommes presque semblables. La méthode philosophique du XVIIIe siècle n'est donc pas seulement française, mais démocratique, ce qui explique pourquoi elle a été si facilement admise dans toute l'Europe, dont elle a tant contribué à changer la face. Ce n'est point parce que les Français ont changé leurs anciennes croyances et modifié leurs anciennes mœurs qu'ils ont bouleversé le monde, c'est parce que, les premiers, ils ont généralisé et mis en lumière une méthode philosophique à l'aide de laquelle on pouvait aisément attaquer toutes les choses anciennes et ouvrir la voie à toutes les nouvelles.

*Alexis de Tocqueville – De la démocratie en Amérique, II, I, 1 (1835).*

## B. – Le nouveau fondement de la morale : la liberté en l'homme

*C'est sur l'être humain que la pensée moderne doit désormais entreprendre de fonder une « theoria », une morale, voire une doctrine du salut. La question du « propre de l'homme » devient donc intellectuellement cruciale. C'est dans le fait que l'homme est libre au sens où il transcende toutes les catégories de la nature et de l'histoire que l'humanisme va trouver la réponse. Les animaux sont ce qu'ils sont, ils ont une « nature » qui les détermine de part en part. L'homme seul peut s'arracher à la nature, lui seul peut se retourner contre son histoire pour la critiquer et « s'en sortir ». Rien ne parvient à l'emprisonner et c'est là sa liberté, ce qui fait sa spécificité au sein des autres vivants. C'est aussi par cette qualité qu'il peut non seulement critiquer, mais porter des jugements de valeurs, c'est-à-dire entrer dans la sphère de l'éthique. Dès la Renaissance, Pic de la Mirandole, utilise, dans un texte où Dieu s'adresse à l'homme, le thème de l'inachèvement naturel de l'homme pour identifier sa dignité à la capacité qu'il possède de se former lui-même. Ce thème, qui remonte au mythe de Prométhée dans le* Protagoras *de*

*Platon, se retrouve dans un texte décisif de Rousseau, qui présente pour la première fois l'homme comme un être d'anti-nature, défini par la liberté et l'historicité.*

« Si nous ne t'avons donné, Adam, ni une place déterminée, ni un aspect qui te soit propre, ni aucun don particulier, c'est afin que la place, l'aspect, les dons que toi-même aurais souhaités, tu les aies et les possèdes selon ton vœu, à ton idée. Pour les autres animaux, leur nature définie est tenu en bride par des lois que nous avons prescrites : toi, aucune restriction ne te bride, c'est ton propre jugement, auquel je t'ai confié, qui te permettra de définir ta nature. Si nous ne t'avons fait ni céleste, ni terrestre, ni mortel, ni immortel, c'est afin que, doté pour ainsi dire du pouvoir arbitral et honorifique de te modeler et de te façonner toi-même, tu te donnes la forme qui aurait eu ta préférence. »

*Jean Pic de la Mirandole (1463 – 1494) – De la dignité de l'homme, 7-9 (1486).*

Je ne vois dans tout animal qu'une machine ingénieuse, à qui la nature a donné des sens pour se remonter elle-même, et pour se garantir jusqu'à un certain point de tout ce qui tend à la détruire ou à la déranger. J'aperçois précisément les mêmes choses dans la machine humaine ; avec cette différence que la nature seule fait tout dans les opérations de la bête, au lieu que l'homme concoure aux siennes en qualité d'agent libre. L'une choisit ou rejette par instinct, et l'autre par un acte de liberté : ce qui fait que la bête ne peut s'écarter de la règle qui lui est prescrite, même quand il lui serait avantageux de le faire, et que l'homme s'en écarte souvent à son préjudice. C'est ainsi qu'un pigeon mourrait de faim près d'un bassin rempli des meilleures viandes, et un chat sur des tas de fruits ou de grains, quoique l'un et l'autre pût très bien se nourrir de l'aliment qu'il dédaigne, s'il s'était avisé d'en essayer. C'est ainsi que les hommes dissolus se livrent à des excès qui leur causent la fièvre et la mort parce que l'esprit déprave les sens, et que la volonté parle encore quand la nature se tait... Mais quand les difficultés qui environnent toutes ces questions laisseraient quelque lieu de disputer sur cette différence de l'homme et de l'animal, il y a une autre qualité très spécifique qui les distingue, et sur laquelle il ne peut y avoir de contestation : c'est la faculté de se perfectionner, faculté qui, à l'aide des circonstances, développe successivement toutes les autres, et réside parmi nous tant dans l'espèce que dans l'individu ; au lieu qu'un animal est au bout de quelques mois ce qu'il sera toute sa vie, et son espèce au bout de mille ans ce qu'elle était la première année de ces mille ans. Pourquoi l'homme seul est-il sujet à devenir imbécile ? N'est-ce point qu'il retourne ainsi dans son état primitif et que, tandis que la bête, qui n'a rien acquis et qui n'a rien non plus à perdre, reste toujours avec son instinct, l'homme reperdant par la vieillesse ou d'autres accidents tout ce que sa *perfectibilité* lui avait fait acquérir, retombe ainsi plus bas que la bête même ?

*Jean-Jacques Rousseau (1712-1778) – Discours sur l'origine et les fondements de l'inégalité parmi les hommes, première partie (1754).*

## L'éducation et l'histoire

*Les conséquences de cette nouvelle définition de l'homme comme être antinaturel sont abyssales. Les humains, à la différence des bêtes, sont doués de perfectibilité, c'est-à-dire d'historicité, et même d'une double historicité, celle de l'individu (éducation) et celle de l'espèce (culture et politique). Rousseau, puis Kant et son disciple Fichte vont souligner l'enjeu que représente l'éducation à la lumière de la définition de l'homme comme être libre. L'homme, puisqu'il n'est originairement rien, puisqu'il n'est programmé par aucun « instinct naturel », ne peut être que ce que l'éducation fait de lui. En outre, l'avenir apparaît désormais ouvert et l'homme capable d'un progrès infini, dont l'éducation est précisément la clef.*

Chaque animal *est* ce qu'il est; l'homme, seul, originairement n'est absolument rien. Ce qu'il doit être, il lui faut le devenir; et, étant donné qu'il doit en tout cas être un être pour soi, il lui faut le devenir par soi-même. La nature a achevé toutes ses œuvres, pour l'homme uniquement elle ne mit pas la main et c'est précisément ainsi qu'elle le confia à lui-même. La capacité d'être formée, comme telle, est le caractère propre de l'humanité.

*Johann Gottlieb Fichte (1762-1814) – Fondements du droit naturel, deuxième section, § 6, VII, g. (1796).*

L'homme ne peut devenir homme que par l'éducation. Il n'est que ce que l'éducation fait de lui. (...) Si seulement un être d'une nature supérieure se chargeait de notre éducation, on verrait alors ce que l'on peut faire de l'homme. Mais comme l'éducation d'une part ne fait qu'apprendre certaines choses aux hommes et d'autre part ne fait que développer en eux certaines qualités, il est impossible de savoir jusqu'où vont les dispositions naturelles de l'homme (...) Il est possible que l'éducation devienne toujours meilleure et que chaque génération, à son tour, fasse un pas de plus vers le perfectionnement de l'humanité; car c'est au fond de l'éducation que gît le grand secret de la perfection de la nature humaine. (...) C'est une chose enthousiasmante de penser que la nature humaine sera toujours mieux développée par l'éducation et que l'on peut parvenir à donner à cette dernière une forme qui convienne à l'humanité. Ceci ouvre une perspective sur une future espèce humaine plus heureuse.

*Emmanuel Kant – Réflexions sur l'éducation, Introduction (1803).*

## La lutte contre la nature, le travail et la transformation du monde

*L'avènement de la définition de l'homme par la liberté et la perfectibilité accompagne une transformation du rapport de l'homme à la nature. Pour Descartes, la science moderne a pour finalité ultime, non la contemplation du monde comme chez les Grecs, mais la mise en place d'un pouvoir technique qui doit nous permettre de lutter enfin efficacement contre les catastrophes naturelles – notamment contre la maladie et le vieillissement. Le travail concrétise l'idée de liberté : il devient non seulement le fondement du droit de propriété et de la valeur économique, mais aussi et surtout ce qui confère à l'homme sa dignité. D'une manière générale, les Modernes valorisent l'action par laquelle l'homme se transforme lui-même en transformant le monde, là où le monde ancien, celui des aristocrates, ne voyait dans le travail qu'une activité servile.*

Elles {les notions générales de la physique} m'ont fait voir qu'il est possible de parvenir à des connaissances qui soient fort utiles à la vie, et qu'au lieu de cette philosophie spéculative, qu'on enseigne dans les écoles, on en peut trouver une pratique, par laquelle, connaissant la force et les actions du feu, de l'eau, de l'air, des astres, des cieux et de tous les autres corps qui nous environnent, aussi distinctement que nous connaissons les divers métiers de nos artisans, nous les pourrions employer en même façon à tous les usages auxquels ils sont propres, et ainsi nous rendre comme maîtres et possesseurs de la nature. Ce qui n'est pas seulement à désirer pour l'invention d'une infinité d'artifices, qui feraient qu'on jouirait, sans aucune peine, des fruits de la terre et de toutes les commodités qui s'y trouvent, mais principalement aussi pour la conservation de la santé, laquelle est sans doute le premier bien et le fondement de tous les autres biens de cette vie.

*René Descartes – Discours de la méthode, sixième partie.*

Bien que la terre et toutes les créatures inférieures appartiennent en commun à tous les hommes, chacun garde la *propriété* de sa propre *personne*. Sur celle-ci, nul n'a le droit que lui-même. Le *travail* de son corps et l'*ouvrage* de ses mains, pouvons-nous dire, sont vraiment à lui. Toutes les fois qu'il fait sortir un objet de l'état où la Nature l'a mis et l'a laissé, il y mêle son *travail*, il y joint quelque chose qui lui appartient et, par là, il fait de lui sa propriété. Cet objet, soustrait par lui à l'état commun dans lequel la Nature l'avait placé, se voit adjoindre par ce *travail* quelque chose qui exclut le droit commun des autres hommes.

*John Locke (1632-1704) – Second traité du gouvernement civil, V, § 27 (1690).*

En donnant à l'homme la raison ainsi que la liberté du vouloir qui se fonde sur elle, elle {la nature} indiqua déjà clairement son dessein en ce qui concerne la dotation de l'homme. Il ne devait pas être guidé par l'instinct, ni non plus être instruit et pris en charge par une connaissance innée ; il devait bien plutôt tirer tout de lui-même. La découverte de ses moyens de subsistance, son habillement, sa sécurité et sa défense extérieures (pour lesquelles elle ne lui donna ni les cornes du taureau, ni les

Tous les impératifs sont exprimés par une dimension de *devoir* et ils mettent ainsi en évidence la relation d'une loi objective de la raison à une volonté qui, selon ses propriétés subjectives, n'est pas nécessairement déterminée par la loi (une contrainte). Ils disent que faire ceci ou cela, ou bien s'en abstenir, serait bon, mais ils le disent à une volonté qui ne fait pas toujours ce qu'elle fait parce qu'il lui est représenté que la chose est bonne à faire (...) Cela étant, tous les impératifs commandent soient hypothétiquement, soit catégoriquement. Les premiers représentent la nécessité pratique d'une action possible, en tant qu'elle constitue un moyen de parvenir à quelque chose d'autre que l'on veut (ou en tout cas dont il est possible qu'on le veuille). Quant à l'impératif catégorique, il serait celui qui représenterait une action considérée pour elle-même, sans relation à une autre fin, comme objectivement nécessaire (...) Toutes les sciences ont une partie pratique qui consiste en problèmes naissant du fait que quelque fin est possible pour nous, et en des impératifs énonçant comment cette fin peut être atteinte. Ces impératifs peuvent donc être désignés en général comme des impératifs de l'*habileté*. La question n'est pas du tout de savoir si la fin est raisonnable et bonne, mais simplement de déterminer ce qu'il faudrait faire pour l'atteindre. Les prescriptions qui s'imposent à un médecin pour obtenir la guérison totale de son homme, et celles que doit suivre un empoisonneur pour être sûr de le tuer, ont la même valeur si on les envisage comme servant chacune à mener parfaitement à bien ce qui est visé (...) on peut nommer prudence au sens le plus strict du terme l'habileté dans le choix des moyens appropriés à l'atteinte de notre plus grand bien-être personnel. Par conséquent, l'impératif qui se rapporte au choix des moyens en vue du bonheur personnel, c'est-à-dire la prescription de la prudence est encore simplement *hypothétique*; l'action n'est pas commandée absolument, mais elle ne l'est que comme moyen en vue d'un autre but (...) Il y a enfin un impératif qui, sans ériger en principe, comme condition, quelque autre but à atteindre par une certaine conduite, commande immédiatement cette conduite. Cet impératif est catégorique (...) Cet impératif peut être appelé celui de la *moralité* (...) Il n'y a qu'un impératif catégorique, et c'est celui-ci : *Agis seulement d'après la maxime grâce à laquelle tu peux vouloir en même temps qu'elle devienne une loi universelle.*

*Emmanuel Kant – Fondation de la métaphysique des mœurs, deuxième section.*

*La morale républicaine, telle qu'elle est formulée par Kant, signe la fin du cosmologico-éthique comme l'illustre ces quelques vers de Goethe – « La nature est insensible : le soleil luit sur les méchants comme sur les bons ». Désormais, si le ciel peut toujours inspirer le sentiment du sublime par son immensité, l'humanité apparaît comme l'unique source possible des valeurs morales. La morale humaniste rompt également avec le théologico-éthique et récuse par avance le scientisme, en respectant l'interdit posé par Hume suivant lequel on ne peut déduire un impératif moral (un devoir-être) de la simple description d'une réalité. La loi morale est « en nous », elle exprime l'autonomie de l'homme, une forme de transcendance dans l'immanence. La moralité serait détruite en même temps que l'autonomie si la loi était un commandement divin. La morale fondée sur la liberté et la raison humaine est donc une morale essentiellement laïque.*

Deux choses remplissent le cœur d'une admiration et d'une vénération toujours nouvelles et toujours croissantes, à mesure que la réflexion s'y attache et s'y applique : *le ciel étoilé au-dessus de moi et la loi morale en moi.*

*Emmanuel Kant – Critique de la raison pratique, Conclusion (1788).*

Dans chacun des systèmes de moralité que j'ai jusqu'ici rencontrés, j'ai toujours remarqué que l'auteur procède pendant un certain temps selon la manière ordinaire de raisonner, établit l'existence d'un Dieu ou fait des observations sur les affaires humaines, quand tout à coup j'ai la surprise de constater qu'au lieu des copules habituelles, *est* et *n'est pas*, je ne rencontre pas de proposition qui ne soit liée par un *doit* ou un *ne doit pas*. C'est un changement imperceptible, mais il est néanmoins de la plus grande importance. Car, puisque ce *doit* ou ce *ne doit pas* expriment une certaine relation ou affirmation nouvelle, il est nécessaire qu'elle soit soulignée et expliquée, et qu'en même temps soit donnée une raison de ce qui semble tout à fait inconcevable, à savoir, de quelle manière cette relation nouvelle peut être déduite d'autres relations qui en diffèrent du tout au tout.

*David Hume (1711-1776) – Traité de la nature humaine, III, I, I (1740).*

Les impératifs moraux, parce qu'ils se fondent sur la nature de notre être en tant que créature libre et rationnelle, ont autant d'évidence et de certitude que peuvent en avoir les mathématiques... [En revanche, la croyance en Dieu] n'est pas un savoir et c'est heureux car c'est précisément là qu'apparaît la sagesse de Dieu – à savoir dans le fait que nous ne le connaissons pas et que nous devons cependant croire qu'il existe. Car supposons que nous puissions atteindre une connaissance de l'existence de Dieu par l'expérience (même si on ne peut pas un instant en imaginer la possibilité) ou par une autre méthode, supposons en outre que nous puissions en être convaincus aussi positivement et factuellement que par une perception, alors toute moralité disparaîtrait. Dans chaque action, l'homme se représenterait immédiatement Dieu comme celui qui récompense ou qui venge. Cette image s'imprimerait involontairement dans son âme et, à la place des motivations morales, interviendraient l'espoir d'une récompense et la crainte d'une punition ; l'homme serait alors vertueux en raison d'impulsions sensibles.

*Emmanuel Kant – Leçons sur la théorie philosophique de la religion, deuxième partie, deuxième section.*

*À travers la formulation de l'idéal moral d'un « Règne des fins », Kant exprime la conviction que l'humanité peut, si elle est régie convenablement par des lois morales et juridiques communes, voire universelles, constituer l'analogue d'un « cosmos » : un univers artificiel qui, pour être de part en part humain et même fondé sur la liberté des hommes, n'en représente pas moins un tout harmonieux et ordonné.*

Le concept qui veut que tout être raisonnable doive se considérer comme légiférant universellement à travers toutes les maximes de sa volonté, pour se juger soi-même et ses actions à partir d'un tel point de vue, conduit à un concept très fécond qui s'y rattache, à savoir celui d'*un règne des fins*. En fait, par *règne*, j'entends la liaison systématique de divers êtres raisonnables par des lois communes. (...) Car des êtres raisonnables sont tous soumis à la *loi* selon laquelle chacun d'eux ne doit *jamais* se traiter soi-même ni traiter tous les autres *simplement comme moyen*, mais toujours *en même temps comme fin en soi*. Mais c'est justement de là *que procède* une liaison systématique d'êtres raisonnables par des lois objectives communes, c'est-à-dire un règne qui, parce que ces lois visent précisément la relation de ces êtres les uns aux autres comme fins et moyens, peut être désigné comme règne des fins (même s'il ne s'agit là, à dire vrai, que d'un idéal).

*Emmanuel Kant – Fondation de la métaphysique des mœurs, deuxième section.*

*Kant donne la formule de la morale républicaine. La liberté humaine et la présence de la loi morale en l'homme – la capacité d'agir d'après une intention désintéressée en vue de fins universelles – fonde la conception moderne de la dignité de la personne humaine. C'est ce qui justifie le privilège accordé à l'humain dans les diverses déclarations des droits de l'Homme. Une autre morale moderne concurrence toutefois la morale républicaine depuis le XVIIIe siècle : l'utilitarisme, dont le fondateur, Jérémy Bentham, pose que la mesure du bien et du mal n'est pas la liberté mais « le plus grand bonheur du plus grand nombre ». Le critère moral privilégié par l'utilitarisme, comme le souligne le texte de Bentham, est la capacité d'éprouver du plaisir et de la peine, capacité que les hommes et les animaux ont manifestement en commun. D'où la critique de l'anthropocentrisme de la morale humaniste, laquelle peut bien concevoir des devoirs indirects à l'égard des animaux, mais sans jamais aller jusqu'à leur reconnaître des droits.*

Dans le règne des fins, tout a ou bien un prix, ou bien une *dignité*. À la place de ce qui a un prix on peut mettre aussi quelque chose d'autre en le considérant comme son *équivalent* ; ce qui en revanche est au-dessus de tout prix, et par conséquent n'admet nul équivalent, c'est ce qui possède une dignité. (...) Or, la moralité est la condition sous laquelle seulement un être raisonnable peut être une fin en soi, étant donné que c'est seulement par elle qu'il est possible d'être un membre législateur dans le règne des fins. La moralité et l'humanité en tant qu'elle est capable de moralité, c'est donc ce qui seul possède de la dignité.

*Emmanuel Kant – Fondation de la métaphysique des mœurs, deuxième section.*

À en juger d'après la simple raison, l'homme n'a de devoirs qu'envers l'homme (envers soi-même ou envers un autre) (...) à travers toute notre expérience, nous ne connaissons aucun être qui soit capable d'obligation (active ou passive), si ce n'est, uniquement, l'homme. L'homme ne peut donc avoir de devoir envers un être quelconque, si ce n'est, uniquement, envers l'homme (...) et son prétendu devoir envers d'autres êtres n'est qu'un devoir envers lui-même ; il est amené à cette méprise par le fait de confondre son devoir *en considération* d'autres êtres avec un devoir *envers* ces êtres. (...) Concernant la partie des créatures qui est vivante, bien que dépourvue de raison, un traitement violent et en même temps cruel des animaux est de loin plus intimement opposé au devoir de l'homme envers lui-même, parce qu'ainsi la sympathie à l'égard de leurs souffrances se trouve émoussée en l'homme et que cela affaiblit et peu à peu anéantit une disposition naturelle très profitable à la moralité dans la relation avec les autres hommes – quand bien même, dans ce qui est permis à l'homme, s'inscrit le fait de tuer rapidement (d'une manière qui évite de les torturer) les animaux, ou encore de les astreindre au travail (ce à quoi, il est vrai, les hommes eux aussi doivent se soumettre), à condition simplement qu'il n'excède pas leurs forces ; à l'inverse, il faut avoir en horreur les expériences physiques qui les martyrisent pour le simple bénéfice de la spéculation, alors que, même sans elles, le but pourrait être atteint. Même la reconnaissance pour les services longtemps rendus par un vieux cheval ou un vieux chien (comme s'ils étaient des personnes de la maison) appartient *indirectement* aux devoirs de l'homme, à savoir au devoir conçu *en considération* de ces animaux, mais cette reconnaissance, envisagée *directement*, n'est jamais qu'un devoir de l'homme envers lui-même.

*Emmanuel Kant – Métaphysique des mœurs, Doctrine de la vertu, première partie, livre I, deuxième section, § 16-18 (1797).*

Peut-être le jour viendra-t-il où le reste du règne animal retrouvera ces droits qui n'auraient jamais pu lui être enlevés autrement que par la tyrannie. Les Français ont déjà réalisé que la peau foncée n'est pas une raison pour abandonner sans recours un être humain aux caprices d'un persécuteur. Peut-être finira-t-on un jour par s'apercevoir que le nombre de jambes, la pilosité de la peau ou l'extrémité de l'os sacrum sont des raisons tout aussi insuffisantes d'abandonner une créature sensible au même sort. Quoi d'autre devrait tracer la ligne de démarcation ? Serait-ce la faculté de raisonner, ou peut-être la faculté du langage ? Mais un cheval parvenu à maturité ou un chien est, par-delà toute comparaison, un animal plus sociable et plus raisonnable qu'un nouveau-né âgé d'un jour, d'une semaine ou même d'un mois. Mais supposons qu'ils soient autrement, à quoi nous servirait-il ? La question n'est pas : peuvent-ils *raisonner* ? Ni : peuvent-ils *parler* ? Mais bien : peuvent-ils *souffrir* ?

*Jérémy Bentham (1748-1832) – Introduction aux principes de la morale et de la législation (1789).*

## Prolongements contemporains : l'anti-essentialisme sartrien

*Sartre reprend, sans même le savoir car il ignore à peu près tout de l'histoire de la philosophie, à Rousseau, Kant et Fichte l'idée que l'homme n'est « originairement rien ». L'existentialisme sartrien est lui aussi un humanisme anti-essentialiste. Affirmer que pour l'homme, à la différence de l'objet technique, « l'existence précède l'essence » fournit au passage la formule d'une critique républicaine du racisme et du sexisme. Si l'homme est libre, alors il n'y a pas de « nature humaine », pas d'« essence de l'homme », de définition de l'humanité qui précéderait et déterminerait son existence. Ce qui subvertit radicalement l'idée qu'il existerait une essence propre à chaque race ou à chaque sexe qui enfermerait les individus dans des catégories auxquelles ils ne sauraient échapper.*

Lorsqu'on considère un objet fabriqué, comme par exemple un livre ou un coupe-papier, cet objet a été fabriqué par un artisan qui s'est inspiré d'un concept; il s'est référé au concept de coupe-papier, et également à une technique de production préalable qui fait partie du concept, et qui est au fond une recette. Ainsi, le coupe-papier est à la fois un objet qui se produit d'une certaine manière et qui, d'autre part, a une utilité définie, et on ne peut pas supposer un homme qui produirait un coupe-papier sans savoir à quoi l'objet va servir. Nous dirons donc que, pour le coupe-papier, l'essence – c'est-à-dire l'ensemble des recettes et des qualités qui permettent de le produire et de le définir – précède l'existence (...) Lorsque nous concevons un Dieu créateur, ce Dieu est assimilé la plupart du temps à un artisan supérieur (...) Ainsi le concept d'homme, dans l'esprit de Dieu, est assimilable au concept de coupe-papier dans l'esprit de l'industriel (...) L'existentialisme athée (...) déclare que si Dieu n'existe pas, il y a au moins un être chez qui l'existence précède l'essence (...) Qu'est-ce que signifie ici que l'existence précède l'essence? Cela signifie que l'homme existe d'abord, se rencontre, surgit dans le monde, et qu'il se définit après. L'homme tel que le conçoit l'existentialiste, s'il n'est pas définissable, c'est qu'il n'est d'abord rien. Il ne sera qu'ensuite, et tel qu'il se sera fait. Ainsi il n'y a pas de nature humaine, puisqu'il n'y a pas de Dieu pour la concevoir. (...) C'est aussi ce qu'on appelle la subjectivité, et que l'on nous reproche sous ce nom même. Mais que voulons-nous dire par là, sinon que l'homme a une plus grande dignité que la pierre ou que la table ? Car nous voulons dire que l'homme existe d'abord, c'est-à-dire que l'homme est d'abord ce qui se jette vers un avenir, et ce qui est conscient de se projeter dans l'avenir. L'homme est d'abord un projet qui se vit subjectivement, au lieu d'être une mousse, une pourriture ou un chou-fleur ; rien n'existe préalablement à ce projet ; rien n'est au ciel intelligible, et l'homme sera d'abord ce qu'il a projeté d'être.

*Jean-Paul Sartre (1905 – 1980) – L'existentialisme est un humanisme (1945).*

*Sartre propose également une psychologie fondée sur la définition de l'homme comme néant : la conscience – la subjectivité ou la liberté – m'interdit de coïncider avec moi-même, d'être ce que je suis comme la chose est chose. L'homme authentique est donc « néant » au sens où il ne coïncide jamais avec ce qu'il est. Dans le phénomène de la conscience de soi, il y a toujours une différence, un néant, entre un moi sujet qui examine et un moi objet. Le « salaud » que Sartre identifie volontiers au « bourgeois » est au contraire un « gros plein d'être ». C'est quelqu'un qui pratique la mauvaise foi, c'est-à-dire l'attitude qui consiste à faire comme si on n'était pas libre, comme si on était déterminé par une nature. D'où, notamment à travers la fameuse description du garçon de café, la critique de la « mauvaise foi » au fil de laquelle les êtres humains se réifient en s'identifiant aux rôles que la comédie sociale leur offre la possibilité de jouer.*

Si l'homme est ce qu'il est, la mauvaise foi est à tout jamais impossible... mais l'homme est-il ce qu'il est et, d'une manière générale, comment peut-on *être* ce qu'on est, lorsqu'on est comme conscience d'être? (...) Considérons ce garçon de café. Il a le geste vif et appuyé, un peu trop précis, un peu trop rapide, il vient vers les consommateurs d'un pas un peu trop vif, il s'incline avec un peu trop d'empressement, sa voix, ses yeux expriment un intérêt un peu trop plein de sollicitude pour la commande du client, enfin le voilà qui revient, en essayant d'imiter dans sa démarche la rigueur inflexible d'on ne sait quel automate, tout en portant son plateau avec une sorte de témérité de funambule, en le mettant dans un équilibre perpétuellement instable et perpétuellement rompu, qu'il rétablit perpétuellement d'un mouvement léger du bras et de la main. Toute sa conduite semble un jeu. Il s'applique à enchaîner ses mouvements comme s'ils étaient des mécanismes se commandant les uns les autres, sa mimique et sa voix même semblent des mécanismes; il se donne la prestesse et la rapidité impitoyable des choses. Il joue, il s'amuse. Mais à quoi donc joue-t-il? Il ne faut pas l'observer longtemps pour s'en rendre compte : il joue à être garçon de café (...) Voilà bien des précautions pour emprisonner l'homme dans ce qu'il est. Comme si nous vivions dans la crainte perpétuelle qu'il n'y échappe, qu'il ne déborde et n'élude tout à coup sa condition. Mais c'est que, parallèlement, du dedans le garçon de café ne peut être immédiatement garçon de café, au sens où cet encrier *est* encrier, où le verre est verre (...) J'ai beau accomplir les fonctions de garçon de café, je ne puis l'être que sur un mode neutralisé, comme l'acteur est Hamlet, en faisant mécaniquement les gestes *typiques* de mon état et en me visant comme garçon de café imaginaire à travers ces gestes (...) Ce que je tente de réaliser c'est un être-en-soi du garçon de café (...) Comme si du fait même que je soutiens ce rôle à l'existence, je ne le transcendais pas de toute part, je ne me constituais pas comme un *au-delà* de ma condition (...) je ne suis jamais aucune de mes attitudes, aucune de mes conduites.

*Jean-Paul Sartre – L'Être et le néant, première partie, chapitre II, 2, Les conduites de la mauvaise foi (1943).*

Le cœur de Staline, l'illustre compagnon d'arme et le prestigieux continuateur de Lénine, le chef, l'ami et le frère des travailleurs de tous les pays a cessé de battre. Mais le stalinisme vit, il est immortel. Le nom sublime du maître génial du communisme mondial resplendira d'une flamboyante clarté à travers les siècles et sera toujours prononcé avec amour par l'humanité reconnaissante. À Staline, à tout jamais nous resterons fidèles. Les communistes s'efforceront de mériter, par leur dévouement inlassable à la cause sacrée de la classe ouvrière... le titre d'honneur de staliniens. Gloire éternelle au grand Staline dont les magistrales œuvres scientifiques impérissables nous aideront à rassembler la majorité du peuple...

*France Nouvelle, 14 mars 1953.*

Mourir pour la patrie, c'est entrer dans l'éternité...

*Hymne national cubain.*

*Malgré tout, par delà le christianisme rationalisé et l'historicisme totalitaire, l'humanisme issu des Lumières esquisse parfois les voies d'une nouvelle doctrine de la vie bonne selon laquelle le sens de l'existence humaine consisterait à « élargir la pensée » afin de parvenir tout à la fois à mieux connaître et mieux aimer autrui.*

Voici les maximes du « sens commun » : 1. Penser par soi-même; 2. Penser en se mettant à la place de tout autre; 3. Penser toujours en accord avec soi-même. La première maxime est la maxime de la pensée sans préjugés, la deuxième est celle de la pensée élargie, la troisième, celle de la pensée conséquente (...) En ce qui concerne la deuxième maxime de la pensée, on peut préciser que nous sommes déjà habitués dans le langage courant à nommer « étroit d'esprit » (borné, le contraire d'élargi) celui dont les talents ne parviennent pas à permettre un bien grand usage de la pensée (surtout sur le plan intensif). Toutefois, il n'est pas question ici du pouvoir de penser, mais de la manière de penser, c'est-à-dire d'en faire un usage approprié. Or de ce point de vue, si petit que soit le champ couvert par les dons naturels de l'homme, ce qui fait cependant d'un individu un esprit ouvert, c'est le fait de pouvoir s'élever au-dessus des conditions subjectives du jugement en lesquelles tant d'autres se cramponnent, et de pouvoir réfléchir sur son propre jugement à partir d'un point de vue universel (qu'il ne peut déterminer qu'en se plaçant du point de vue d'autrui).

*Emmanuel Kant – Critique de la faculté de juger, § 40.*

## V. – Le cas Nietzsche

*L'esprit critique, en se radicalisant, se retourne contre la modernité des Lumières qui lui avait pourtant donné naissance. La critique nietzschéenne de l'humanisme et du rationalisme caractérisent ainsi une seconde modernité, celle qu'on appelle parfois aussi la « postmodernité », dont Nietzsche (1844-1900) est assurément le penseur le plus emblématique. Il est le philosophe de la « déconstruction » par excellence, celui qui entreprend, comme il le dit lui-même, de « casser les idoles » de la première modernité, celle du vieil humanisme, avec « son marteau philosophique ». À ses yeux, en effet, l'humanisme des Lumières ne s'est pas encore assez émancipé de la structure religieuse par excellence, celle qui oppose l'idéal au réel, le ciel à la terre, l'au-delà à l'ici-bas. Il en reste encore largement prisonnier. Même quand ils se disent matérialistes et athées, les Modernes continuent à penser qu'il existe des valeurs transcendantes, supérieures à la vie : ils ne peuvent s'empêcher de faire resurgir de nouvelles « idoles » métaphysiques : le « Progrès », la « démocratie », le « socialisme », le « communisme », la « république », la « philanthropie », etc., bref, ils veulent encore et toujours « améliorer » l'humanité par le déve-*

*loppement des sciences et des techniques, par la politique et l'histoire. En somme, ils continuent d'être animés par des religions, fussent-elles de salut terrestre, ce qui les empêche de se réconcilier avec le monde, avec le réel, et de pratiquer, comme nous y invitaient les Anciens, la sagesse d'un amour du présent – ce que Nietzsche nomme l'amor fati. C'est donc avec ces nouvelles idoles, avec la religiosité sans Dieu, que la déconstruction nietzschéenne propose de rompre.*

Améliorer l'humanité ? Voilà bien la dernière chose que moi, j'irais promettre. N'attendez pas de moi que j'érige de nouvelles idoles ! Que les anciennes apprennent plutôt ce qu'il en coûte d'avoir des pieds d'argile ! Renverser les « idoles », – c'est ainsi que j'appelle tous les idéaux – voilà plutôt mon vrai métier. C'est en inventant le mensonge d'un monde idéal qu'on a fait perdre à la réalité sa valeur, sa signification, sa véracité... Le mensonge de l'idéal a été jusqu'à présent la malédiction pesant sur la réalité, l'humanité même en est devenue menteuse et fausse jusqu'au plus profond de ses instincts – jusqu'à l'adoration des valeurs opposées à celles qui auraient pu lui garantir une belle croissance, un avenir...

*Ecce homo, Préface, II (1888).*

Le plus grand des événements récents – la « mort de Dieu », le fait, autrement dit, que la foi dans le Dieu chrétien ait été dépouillée de sa plausibilité – commence déjà à jeter ses premières ombres sur l'Europe. Peu de gens, il est vrai, ont la vue assez bonne, la méfiance assez avertie pour percevoir un tel spectacle ; du moins leur semble-t-il qu'un Soleil vient de se coucher (...) Mais d'une façon générale, on peut dire que l'événement est beaucoup trop grand, trop lointain, trop en dehors des conceptions de la foule pour qu'on ait le droit de considérer que la *nouvelle* de ce fait – je dis bien simplement la nouvelle – soit parvenue aux esprits, pour qu'on ait le droit de penser, à plus forte raison, que beaucoup de gens se rendent déjà un compte précis de ce qui a eu lieu et de tout ce qui va s'ef fondrer maintenant que se trouve minée cette foi qui était la base, l'appui, le sol nourricier de tant de choses : *toute la morale européenne, entre autres détails.*

*Le gai savoir, § 343 (1882).*

L'explication morale est devenue caduque en même temps que l'interprétation religieuse, mais ils ne le savent pas, ces esprits superficiels. Plus ils sont irréligieux, plus ils se cramponnent instinctivement, de toutes leurs dents, aux jugements moraux.

*La volonté de puissance (traduction Bianquis), III, § 403.*

Nous qui nous réclamons d'une autre foi, nous qui considérons la tendance démocratique non seulement comme une forme dégénérée de l'organisation politique, mais comme une forme décadente et diminuée de l'humanité qu'elle réduit à la médiocrité et dont elle amoindrit la valeur, où mettrons-nous nos espérances ?

*Par-delà le bien et le mal, § 203 (1886).*

*Après celle de Dieu, la « mort de l'homme » – des idéaux humanistes et progressistes – est inévitable. Plus essentiellement encore aux yeux de Nietzsche, la ruine des dernières illusions de la transcendance nous laisse dans un monde désenchanté, devenu enfin tragique et absurde. Mais ce désenchantement et ce tragique sont pour lui une bonne nouvelle, le préalable à une autre attitude, à une autre sagesse, la condition de possibilité d'une réconciliation avec le réel.*

Lorsque nous rejetons ainsi l'interprétation chrétienne, condamnant le « sens » qu'elle donne comme un faux monnayage, nous somme saisis immédiatement et avec une insistance terrible, par la question schopenhauerienne : *L'existence n'a-t-elle donc en général point de sens ?* – une question qui aura besoin de quelques siècles pour être comprise entièrement et dans toutes ses profondeurs.

*Le gai savoir*, § 357.

L'homme ? Une espèce animale minuscule et extravagante *qui, fort heureusement, n'a qu'un temps*. La vie sur terre ? Un instant fugitif, un incident, une exception sans conséquence qui, au regard de l'ensemble de la terre, reste dépourvue de la moindre conséquence. La terre elle-même ? Comme tous les autres astres, un hiatus entre deux néants, un évènement dépourvu de finalité, de raison, de volonté, de conscience de soi, bref, la nécessité sous sa forme la plus médiocre, la plus stupide...

*La volonté de puissance (traduction Albert modifiée)*, § 173.

## A. – Par-delà la theoria : un « gai savoir » débarrassé du cosmos, de Dieu et des « idoles » de la Raison

*Critique du rationalisme, Nietzsche propose néanmoins une théorie de la connaissance, la « généalogie » (1), et une ontologie, pour laquelle l'essence intime de l'être n'est plus ni le cosmos ni Dieu, mais un tissu chaotique de forces, d'instincts et de pulsions qui forment le cœur du réel que Nietzsche identifie à la Vie ou à la Volonté de puissance, entendue, non comme une volonté qui voudrait du pouvoir (contresens total!), mais comme une volonté qui se veut elle-même, qui cherche sa propre intensification pour se sentir toujours plus vivante... (2).*

### 1. La généalogie

*Elle doit mettre au jour l'origine cachée des valeurs et des idées afin de les désacraliser. Les idéaux transcendants et pourvoyeurs de sens ne sont que des projections subjectives destinées à supporter la vie. La généalogie doit manier le marteau et savoir avant tout les démasquer. Il ne saurait donc exister de jugements « objectifs », désintéressés, c'est-à-dire indépendants des intérêts vitaux de celui qui les porte. Nietzsche récuse les critères d'évaluation de la vie extérieurs à la vie que proposent toutes les religions et les philosophies avant lui et qui sont à ses yeux des symptômes de décadence, c'est-à-dire, encore et toujours, des manières de nier la vie (c'est ce qu'il appelle le nihilisme) au nom de l'idéal.*

Nos valeurs sont des interprétations *introduites par nous* dans les choses. Pourrait-il y avoir une signification dans l'en-soi ? Toute signification n'est-elle pas une signification *relative*, une perspective ?

*La volonté de puissance (Bianquis), II, § 134.*

En vérité, les hommes se sont eux-mêmes donné leur bien et leur mal. En vérité, ils ne les ont pas pris, ils ne les ont pas trouvés, ils ne les ont pas entendus comme une voix descendue du ciel. C'est l'homme qui a donné de la valeur aux choses, afin de les conserver ; c'est lui qui leur a donné un sens – un sens humain ! (...) C'est l'évaluation qui fait des trésors et des joyaux de toutes choses évaluées.

*Ainsi parlait Zarathoustra, Des mille et un buts (1884).*

Notre pensée et nos jugements de valeurs ne sont que l'expression de désirs en œuvre sous ce masque.

*La volonté de puissance (Bianquis), II, § 22.*

Dans tout jugement de valeur il s'agit d'une perspective définie, la *conservation* de l'individu, d'une collectivité, d'une race, d'un État, d'une Église, d'une foi, d'une civilisation. Parce qu'on *oublie* qu'il n'y a de jugements que perspectivistes.

*La volonté de puissance (Bianquis), III, § 478.*

Des jugements, des appréciations de la vie, pour ou contre, ne peuvent en dernière instance jamais être vrais : ils n'ont d'autre valeur que celle d'être des symptômes – en soi, de tels jugements sont des stupidités. Il faut donc étendre les doigts pour tâcher de saisir cette finesse extraordinaire que la valeur de la vie ne peut pas être évaluée. Ni par un vivant, parce qu'il est partie, et même objet de litige, ni par un mort, pour une autre raison. De la part d'un philosophe, voir un problème dans la valeur de la vie demeure même une objection contre lui, un point d'interrogation envers sa sagesse, un manque de sagesse.

*Crépuscule des idoles, Le cas Socrate, § 2 (1888).*

*Le point de vue de la généalogie – qui est à la fois une « philosophie du soupçon » et une « psychologie des profondeurs » – rapporte les illusions de la conscience aux processus inconscients qui les engendrent. Nietzsche annonce la psychanalyse et conduit la généalogie jusqu'à ses conséquences les plus radicales pour faire apparaître qu'il n'y a pas de « sujet en soi », autonome et libre, ni de « faits en soi », objectifs et absolument vrais. Il n'y a que des interprétations, mais sans sujet qui interprète ni objet interprété.*

Pour ce qui est de la superstition des logiciens, je ne me lasserai jamais de souligner un petit fait que ces esprits superstitieux ne reconnaissent pas volontiers : à savoir qu'une pensée vient quand « elle » veut et non pas quand « je » veux; de sorte que c'est *falsifier* la réalité que de dire : le sujet « je » est la condition du verbe « pense »; ça pense [es denkt], mais que ce « ça » soit justement l'antique et fameux « je », ce n'est, pour employer un euphémisme, qu'une supposition, une conjecture – certainement pas une « certitude immédiate ». C'est déjà trop dire que « ça pense »; déjà ce « ça » comporte une interprétation du processus et ne fait pas partie du processus lui-même. On déduit ici selon la routine grammaticale : penser est une activité, or toute activité suppose un sujet agissant, donc... (...) Peut-être les logiciens s'habitueront-ils eux aussi un jour à se passer de ce petit « ça » qu'a laissé en s'évaporant ce brave vieux « moi »...

*Par-delà le bien et le mal, § 17.*

Dans l'énorme multiplicité des faits qui se déroulent à l'intérieur d'un organisme, la partie qui nous en devient consciente n'est qu'un simple moyen ; et notre peu de « vertu », de « désintéressement » ou autres fictions analogues sont réfutés de la façon la plus radicale par le reste du processus global. (...) Le « monde conscient » ne peut servir de *point de départ* pour juger de la *valeur.* (...) L'*erreur fondamentale* consiste uniquement en ce que nous prenons pour mesure, pour valeur supérieure de la vie, le conscient, au lieu de comprendre qu'il n'est qu'un instrument, un détail dans l'ensemble de la vie. (...) Nous apprenons peu à peu à déprécier le conscient ; nous perdons l'habitude de nous sentir responsables de notre moi, puisque notre être conscient, celui qui s'assigne des fins, n'en est que la plus petite partie.

*La volonté de puissance (Bianquis), II, § 259-261.*

L'intellect est l'instrument de nos instincts, rien de plus. Il ne devient *jamais libre.*

*La volonté de puissance (Bianquis), II, § 275.*

Une « chose en soi » ? – aussi absurde qu'un « sens en soi » ! Il n'y a pas « d'état de fait en soi ». (...) La question : « Qu'est-ce que c'est ? » est une façon de *poser un sens*, vu d'un autre point de vue. L'« essence »,

« l'être », est une réalité perspectiviste et suppose une pluralité. Au fond que c'est toujours la question : « Qu'est-ce que c'est *pour moi* ? » (pour nous, pour tout ce qui vit, etc.). (...) Bref, l'essence d'une chose n'est elle aussi qu'une *opinion sur cette « chose »*. Le « *cela passe pour* » est le résidu vrai du « *c'est* » ; c'est le seul « cela est ».

*La volonté de puissance (traduction Bianquis modifiée), I, § 204.*

Il n'y a pas de fait, rien que des interprétations. (...) Ce sont nos besoins *qui interprètent l'univers* ; nos instincts, leur pour et leur contre.

*La volonté de puissance (Bianquis), II, § 133.*

*À la différence de ses pairs en « philosophie du soupçon » – Marx et Freud – Nietzsche n'entend pas fonder une science nouvelle, qui reposerait à nouveau, comme toutes les autres, sur la « volonté de vérité ». L'activité de déconstruction est poursuivie jusqu'à son ultime et abyssale conséquence : elle fait voler en éclat l'idée même de vérité entendu en son sens classique, car elle s'applique au généalogiste lui-même, qui se trouve confronté à un abîme.*

Le solitaire [...] doute même qu'un philosophe puisse avoir des opinions « véritables et ultimes » ; il se demande s'il n'y a pas en lui, nécessairement, derrière chaque caverne une autre qui s'ouvre, plus profonde encore, et au-dessous de chaque surface un monde souterrain plus vaste, plus étranger, plus riche, et sous tous les fonds, sous toutes les fondations, un tréfonds plus profond encore. « Toute philosophie est une façade » – tel est le jugement du solitaire [...] Toute philosophie dissimule une autre philosophie, toute opinion est une cachette, toute parole peut être un masque.

*Par-delà le bien et le mal, § 289.*

## 2. L'ontologie

*Le cosmos harmonieux des Grecs est aux yeux de Nietzsche le mensonge par excellence. Le monde est une multiplicité chaotique de forces contradictoires que le rationalisme scientifique des Modernes cherche en vain à soumettre à des lois. L'idée d'un univers unique et ordonné est l'illusion suprême, une simple projection humaine.*

Gardons-nous de croire que l'univers ait une tendance à atteindre certaines *formes*, qu'il cherche à devenir plus beau, plus parfait, plus compliqué. C'est pur anthropomorphisme.

*La volonté de puissance (Bianquis), II, § 328.*

Ce sont nos propres lois et notre propre conformité à ces lois que nous introduisons dans l'univers, bien que l'apparence semble enseigner au contraire que c'est nous qui sommes la conséquence de cet univers, et que ces lois sont les lois de cet univers réagissant sur nous.

*La volonté de puissance (Bianquis), II, § 114.*

Le monde n'est nullement un organisme, mais c'est le chaos.

*La volonté de puissance (Albert), § 316.*

Savez vous bien ce que c'est que le « monde » pour moi ? Voulez vous que je vous le montre dans mon miroir ? Ce monde est un monstre de forces, sans commencement ni fin, une somme fixe de forces, dure comme l'airain, (...), une mer de forces en tempête, un flux perpétuel.

*La volonté de puissance (Bianquis), II, § 51.*

Le monde est redevenu pour nous « infini » : en tant que nous ne pouvons pas réfuter la possibilité qu'il contienne des interprétations à l'infini. Le grand frisson nous saisit une nouvelle fois – mais qui donc aurait envie de recommencer d'emblée à diviniser ce monstre de monde inconnu à la manière ancienne... Ah, cette chose inconnue comprend trop de possibilité d'interprétations non divines, trop de diablerie, de sottise, de bouffonnerie...

*Le gai savoir, § 374.*

*Le réel, chez Nietzsche, est pensé par référence à l'idée de Vie, elle-même définie par la « volonté de puissance ». La notion de volonté de puissance ne désigne pas le goût du pouvoir mais l'idée d'une volonté qui se veut elle-même, qui veut sa propre intensité : le désir profond d'une intensité maximum de vie.*

L'essence la plus intime de l'être est la volonté de puissance.

*La volonté de puissance (Bianquis), II, § 54.*

Voulez-vous un nom pour cet univers? Ce monde, c'est le monde de la volonté de puissance, et nul autre. Et vous-même, vous êtes aussi cette volonté de puissance, et rien d'autre.

*La volonté de puissance (Bianquis), II, § 51.*

L'« être », nous n'en avons pas d'autre représentation que le fait de « vivre ».

*La volonté de puissance (Bianquis), II, § 8.*

Mais qu'est-ce que la vie? (...) Ma formule, la voici : la vie est volonté de puissance.

*La volonté de puissance (Bianquis), II, § 146.*

La vie, qui est pour nous la forme la plus connue de l'être, est spécifiquement la volonté d'accumuler de la force (...) La vie... tend à la *sensation d'un maximum de puissance*; elle est essentiellement l'effort vers plus de puissance.

*La volonté de puissance (Bianquis), II, § 41.*

La « lutte pour l'existence » – cette formule désigne un état d'exception. La règle est bien plutôt la lutte pour la *puissance*, l'ambition d'avoir « plus » et « mieux » et « plus vite » et « plus souvent ».

*La volonté de puissance (Bianquis), II, § 40.*

*Nietzsche propose de distinguer deux grands types de forces – ou, comme il dit encore, de « pulsions » ou d'« instincts » : d'un côté les forces « réactives », qui ne peuvent se poser dans le monde qu'en s'opposant à d'autres forces et en les mutilant, de l'autre les forces « actives » qui peuvent au contraire se déployer et produire leurs effets sans contrecarrer d'autres forces. Les forces réactives s'expriment avant tout dans la science et la philosophie, qui cherchent la vérité en s'opposant au mensonge. Les forces actives s'expriment au mieux dans l'art, qui crée des valeurs sans s'opposer ni discuter. La « volonté de vérité » constitue donc le modèle des forces réactives, en ce sens que toute recherche du vrai procède par réfutation de l'erreur. La raison se pose en s'opposant, par contraste avec l'autorité aristocratique de l'artiste. C'est pourquoi Nietzsche établit une équivalence entre le monde démocratique et la volonté de vérité socratique. Celle-ci est interprétée comme un symptôme de décadence, le chaos des forces, l'« anarchie des instincts », provoquant en réaction l'obligation de « lutter contre les instincts ».*

Socrate appartenait par son origine au plus bas peuple : Socrate était de la populace. On sait, on voit encore combien il était laid... En fin de compte, Socrate était-il un Grec ? La laideur est souvent l'expression d'une évolution croisée, entravée par le métissage... Avec Socrate, le goût grec s'altère en faveur de la dialectique. Que se passe-t-il exactement ? Avant tout c'est un goût distingué qui est vaincu. Avec la dialectique, le peuple arrive à avoir le dessus... Ce qui a besoin d'être démontré pour être cru ne vaut pas grand chose. Partout où l'autorité est encore de bon ton, partout où l'on ne « raisonne » pas, mais où l'on commande, le dialecticien est une sorte de polichinelle. On se rit de lui, on ne le prend pas au sérieux. Socrate fut le polichinelle qui se fit prendre au sérieux...

*Crépuscule des idoles, Le cas Socrate.*

La laideur équivaut à la décadence d'un type ; quand il y a contradiction et coordination insuffisante des aspirations intérieures, il faut en conclure qu'il y a diminution de force organisatrice, de volonté...

*La volonté de puissance (Albert), § 359.*

Ce qui, chez Socrate, est indice de décadence, ce n'est pas seulement le désordre anarchique des instincts, qu'il avouait, c'est aussi l'hypertrophie de la faculté logique, et cette *méchanceté de rachitique* qui le caractérise.

*Crépuscule des idoles, Le cas Socrate.*

Le moralisme des philosophes grecs à partir de Platon est déterminé par des causes pathologiques ; de même le cas qu'ils font de la dialectique. L'équation « raison = vertu = bonheur » signifie seulement : il faut faire comme Socrate, et, contre les nocturnes appétits, instaurer une *lumière* perpétuelle : celle du grand jour de la raison (...) J'ai donné à entendre en quoi Socrate fascinait : il semblait être un médecin, un sauveur. Est-il encore nécessaire de dénoncer ce qu'a d'erroné sa foi en une « rationalité à tout prix » ? De la part de philosophes et de moralistes, c'est s'abuser que croire échapper à la *décadence* du seul fait que l'on prend parti contre elle : ce qu'ils choisissent comme moyen, comme planche de salut, n'est en fin de compte également qu'une manifestation de *déca-*

*dence* (...) Tout Socrate repose sur un malentendu. *Toute morale du perfectionnement, y compris la chrétienne, repose sur un malentendu...* La lumière la plus aveuglante, la rationalité à tout prix, la vie lumineuse, froide, avisée, consciente, sans instincts, n'était elle-même qu'une maladie, une autre maladie, et nullement un retour à la « vertu », à la « santé », au « bonheur »... Être obligé de lutter contre ses instincts – voilà bien la formule de la *décadence* : tant que la vie suit une courbe *ascendante*, bonheur égale instinct.

*Crépuscule des idoles, Le cas Socrate.*

*L'idéal ascétique* a longtemps servi au philosophe de forme de manifestation, de condition d'existence – il devait *représenter* cet idéal pour pouvoir être philosophe, il devait y *croire* pour pouvoir le représenter.

*La généalogie de la morale, Que signifient les idéaux ascétiques ?, § 10 (1887).*

*L'idéal ascétique a sa source dans l'instinct de défense et de salut d'une vie en voie de dégénération,* qui cherche à subsister par tous les moyens et lutte pour son existence.

(...) L'idéal ascétique est une ruse de la *conservation* de la vie.

*La généalogie de la morale, Que signifient les idéaux ascétiques ?, § 13.*

*C'est dans l'art, non dans la philosophie ni dans la science, que les forces actives trouvent leur espace de vie naturel. L'artiste est par excellence celui qui pose des valeurs sans discuter. C'est pourquoi aux yeux de Nietzsche L'art, antiplatonicien par essence, a plus de valeur, c'est-à-dire plus de vie, que la vérité.*

Le monde vérité ? Une idée qui ne sert plus à rien, qui n'oblige même plus à rien, bref, une idée superflue, inutile, *par conséquent* une idée réfutée : supprimons-là ! [...] Le « monde vérité », nous l'avons aboli : quel monde nous est resté ? Le monde des apparences peut-être ?... Mais non ! *avec le monde vérité nous avons aussi aboli le monde des apparences.*

*Crépuscule des idoles, Comment le « monde vérité » devint une fable.*

L'antinomie du monde apparent et du monde vrai se réduit à l'antinomie du « monde » et du « néant ».

*La volonté de puissance (Bianquis), I, § 208.*

Les philosophes nous ont mis en garde avec un sérieux terrifiant contre les sens et le mensonge des sens. L'antagonisme profond entre les *philosophes* et les amis du mensonge, les artistes, traverse toute la philosophie grecque : « Platon *contre* Homère », c'est la devise des philosophes.

*La volonté de puissance (Bianquis), I, § 162.*

Platon *contre* Homère : voilà le vrai, le total antagonisme – d'un côté le volontaire de

« l'au-delà », le grand calomniateur de la vie ; de l'autre celui qui ne peut en être que l'adorateur, la nature d'*or*.

*La généalogie de la morale, Que signifient les idéaux ascétiques ?, § 25.*

L'art sanctifiant précisément le *mensonge* et mettant la *volonté de tromper* du côté de la bonne conscience est, par principe, bien plus opposé à l'idéal ascétique que la science.

*La généalogie de la morale, Que signifient les idéaux ascétiques ?, § 25.*

Notre religion, notre morale, notre philosophie sont des formes *décadentes* de l'humanité. *Tendance contraire* : *l'art*.

*La volonté de puissance (Bianquis), II, § 545.*

Pour un philosophe, il est honteux de dire que « le bien et le beau sont identiques » ; et s'il y ajoute « le vrai », il est bon à battre. La vérité est laide. L'*art* nous a été donné *pour nous empêcher de mourir de la vérité.*

*La volonté de puissance (Bianquis), II, § 453.*

Somme toute, je donne raison aux artistes plutôt qu'aux philosophes du passé : ils n'ont pas perdu la grande voie sur laquelle s'avance la vie, ils ont aimé les choses « de ce monde », ils ont aimé leurs sens.

*La volonté de puissance (Bianquis), IV, § 591.*

L'art, et rien que l'art! C'est lui qui nous permet de vivre, qui nous persuade de vivre, qui nous stimule à vivre. L'art, seule force qui fasse victorieusement contrepoids à tout ce qui nous porte à nier la vie; force anti-chrétienne, anti-bouddhiste, anti-nihiliste par excellence.

*La volonté de puissance (Bianquis), IV, § 8.*

Seule vie possible : dans l'art. Autrement on se détourne de la vie.

*Naissance de la tragédie (1872).*

L'art est le plus grand « stimulant » de la vie.

*Crépuscule des idoles, flâneries inactuelles, § 24.*

Tout art possède un effet tonique, augmente la force, allume la joie (c'est-à-dire le sentiment de la force)...

*La volonté de puissance (Albert), § 357.*

C'est à l'honneur de l'artiste d'être incapable de critique.

*La volonté de puissance (Albert), § 360.*

L'art est essentiellement l'affirmation, la bénédiction, la divination de l'existence.

*La volonté de puissance (Albert), § 362.*

## B. – Par-delà le bien et le mal : la morale de l'immoraliste et le culte du « grand style »

*Nietzsche se définit comme « immoraliste » : il déteste la notion d'idéal et ne manque jamais d'exprimer son hostilité à l'égard de l'humanitarisme moderne. Il existe cependant une éthique nietzschéenne : non pas la morale libertaire que certains disciples hâtifs et superficiels imputeront à Nietzsche en considération de sa critique de la raison et de la morale; mais un idéal de hiérarchisation et d'harmonisation des forces vitales, qui s'exprime notamment dans la préférence qu'il accorde au classicisme sur le romantisme en matière esthétique. Loin de promouvoir le déchaînement des passions, des sens et des sentiments, c'est à l'inverse leur maîtrise que Nietzsche, qui ne déteste rien tant que l'anarchisme, valorise chez les Classiques.*

triomphe. Car ils combattaient et terrassaient justement cette « plèbe sensuelle » que nos poètes, nos peintres et nos musiciens mettent leur orgueil à doter d'un art.

*La volonté de puissance (Bianquis), IV, § 445.*

*Le critère de la vie bonne est la volonté de puissance, la recherche non du bonheur, qui est une conséquence, mais de l'intensification de l'existence. La vie bonne, c'est la vie la plus intense parce que la plus harmonieuse, la vie la plus élégante, c'est-à-dire celle dans laquelle les forces vitales au lieu de se contrarier, par conséquent de s'épuiser les unes les autres, se mettent à coopérer entre elles sous le primat des forces actives. Telle est la définition nietzschéenne de la grandeur : le « grand style » réside dans la puissance que l'on obtient lorsque les forces se hiérarchisent et s'harmonisent au lieu de se combattre et de se mutiler.*

Rien n'a de valeur dans la vie que le degré de puissance – si l'on admet que la vie elle-même est volonté de puissance.

*La volonté de puissance (Bianquis), III, § 8.*

Le but n'est pas le bonheur, c'est la sensation de puissance. Il y a dans l'homme et dans l'humanité une force immense qui veut se dépenser, créer...

*La volonté de puissance (Bianquis), II, § 48.*

Tout phénomène intentionnel est réductible à *l'intention d'augmenter la puissance.* [...] Les « fins », les « buts », les « sens » ne sont que les expressions et les métaphores d'une même volonté inhérente à tous les phénomènes : la volonté de puissance. Avoir des fins, des buts, des intentions, *vouloir* en un mot, équivaut à vouloir devenir plus fort, à vouloir croître – et à en vouloir les moyens.

*La volonté de puissance (Bianquis), II, § 382-384.*

Tous les instincts et toutes les puissances qui sont *approuvés* par la morale m'apparaissent comme *identiques* par essence à ceux qu'elle calomnie et répudie : par exemple la justice, forme de la volonté de

puissance ; la volonté de trouver le vrai, moyen de la volonté de puissance.
*La volonté de puissance (Bianquis), II, § 427.*

Toutes les passions dérivent de la volonté de puissance, sont identiques par essence (...) dans l'apparente antinomie (du « bien » et du « mal ») s'expriment divers degrés de puissance des instincts, une hiérarchie temporaire, qui bride certains instincts ou les prend à son service.
*La volonté de puissance (Bianquis), I, § 318.*

Le plus haut sentiment de puissance et d'assurance s'exprime dans toute œuvre de *grand style*. La puissance qui n'a plus besoin de preuves, qui se moque de plaire (...) qui vit sans même prendre conscience des oppositions qu'elle suscite, qui repose *en soi*, fataliste, loi parmi les lois : c'est *cela*, le grand style qui parle de lui-même.
*Crépuscule des idoles, flâneries inactuelles, § 11.*

Pour l'artiste, la « beauté » est en dehors de toute hiérarchie parce que dans la beauté les contraires sont maîtrisés, ce qui est le signe suprême de la puissance exercée sur une réalité opposée ; cela sans tension.
*La volonté de puissance (Bianquis), II, § 457.*

L'embellissement est la conséquence d'une plus grande force. On peut considérer l'embellissement comme l'expression d'une volonté victorieuse, d'une coordination plus intense, d'une mise en harmonie de tous les désirs violents, d'un infaillible équilibre perpendiculaire. La simplification logique et géométrique est une conséquence de l'augmentation de la force.

*La volonté de puissance (Albert), § 359.*

La grandeur d'un artiste ne se mesure pas aux « beaux sentiments » qu'il excite... Elle dépend de la mesure dans laquelle il approche du grand style, où il est capable du grand style. Ce style a ceci de commun avec la grande passion qu'il dédaigne de plaire, qu'il oublie de persuader, qu'il commande, qu'il *veut*... Se rendre maître du chaos intérieur, forcer son propre chaos à prendre forme ; agir de façon logique, simple, catégorique, mathématique, se faire loi, voilà la grande ambition.

*La volonté de puissance (Bianquis), IV, § 450.*

Supposé qu'un homme vive autant dans l'amour des arts plastiques ou de la musique qu'il est entraîné par l'esprit de la science, et qu'il considère qu'il est impossible de faire disparaître cette contradiction par la suppression de l'un et l'affranchissement complet de l'autre : il ne lui reste qu'à faire de lui-même un édifice de culture si vaste qu'il soit possible à ces deux puissances d'y habiter, quoique à des extrémités éloignées, tandis qu'entre elles deux, les puissances conciliatrices auront leur domicile, pourvues d'une force prééminente, pour aplanir en cas de difficulté la lutte qui s'élèverait (...) Partout où s'est développé la grande architecture de la civilisation, sa tâche a consisté à forcer à l'entente les puissances opposées, par le moyen d'une très forte coalition des autres forces moins irréconciliables, sans pourtant les assujettir ni les charger de chaînes.

*Humain trop humain, V, § 276 (1878).*

*De façon tout à fait conséquente, Nietzsche ne prend pas le parti des passions contre la raison. Il fait à l'inverse de la « spiritualisation » des passions un critère moral dans la mesure où elle nous permet de domestiquer les forces réactives au lieu de les rejeter. En effet, rien ne serait, par définition même, plus réactif que de mettre hors jeu les forces réactives. Rejeter la raison et la logique au nom du corps et du sexe également est une absurdité aux yeux de Nietzsche. D'où son culte de l'inimitié : la grandeur a besoin d'ennemis pour se manifester et ne peut donc souhaiter leur destruction.*

Toutes les passions ont un temps où elles ne sont que néfastes, où elles avilissent leurs victimes avec la lourdeur de la bêtise – et une époque tardive, beaucoup plus tardive, où elles se marient à l'esprit, où elles se « spiritualisent ».

*Crépuscule des idoles, La morale en tant que manifestation contre nature, § 1.*

Chercher à *dominer* les passions, non à les affaiblir ni à les extirper ! Plus la force dominatrice de la volonté est grande, plus on peut donner de liberté aux passions. Le « grand homme » est grand par l'ampleur du jeu qu'il accorde à ses désirs et par la puissance plus grande encore qui sait prendre à son service ces fauves splendides.

*La volonté de puissance (Bianquis), III, § 654.*

Nous sommes libres d'aimer nos sens, tant nous les avons spiritualisés et rendus artistes. (...) S'il est un résultat que nous ayons atteint, c'est une façon plus innocente d'envisager la vie des sens, une attitude plus joyeuse, plus bienveillante, plus goethéenne envers la sensualité.

*La volonté de puissance (Bianquis), III, § 281-282.*

L'inimitié est un autre triomphe de notre spiritualisation. Elle consiste à comprendre profondément l'intérêt qu'il y a à avoir des ennemis : nous autres, immoralistes et anti-chrétiens, nous voyons notre intérêt à ce que l'Église subsiste... Il en est de même dans la grande politique. Une nouvelle création, par exemple un nouvel empire, a plus besoin d'ennemis que d'amis. Ce n'est que par le contraste qu'elle commence à se sentir, à devenir nécessaire. Nous ne nous comportons pas autrement à l'égard de l'ennemi intérieur : là aussi nous avons spiritualisé l'inimitié, là aussi nous avons compris sa valeur.

*Crépuscule des idoles, La morale en tant que manifestation contre nature, § 3.*

J'ai déclaré la guerre à l'idéal anémique du christianisme (ainsi qu'à ce qui le touche de près), non point avec l'intention de l'anéantir, mais pour mettre fin à sa tyrannie... La continuation de l'idéal chrétien fait partie des choses les plus désirables qui soient : ne fût-ce qu'à cause de l'idéal qui veut se faire valoir à côté de lui, et peut-être au-dessus de lui – car il faut à celui-ci des adversaires, et des adversaires vigoureux pour devenir fort. C'est ainsi que nous autres immoralistes, nous utilisons la puissance de la morale : notre instinct de conservation désire que nos adversaires gardent leurs forces – il veut seulement devenir le maître de ces adversaires.

*La volonté de puissance (Albert), § 409.*

## C. – Une pensée inédite du salut : l'éternel retour, l'amor fati et l'innocence du devenir

*La déconstruction nietzschéenne est une critique de ce qu'il nomme le nihilisme, qui ne désigne pas l'absence d'idéal, mais tout au contraire, la croyance en l'existence de valeurs transcendantes, c'est-à-dire la négation de la vie inhérente à tout idéalisme. Le « blasphème » suprême, pour Nietzsche, ne consiste donc plus à parler contre Dieu, mais contre la Terre, ce qui revient à nier la Vie.*

La vie même est pour moi instinct de croissance, de durée, d'accumulation de forces, de *puissance* : là où fait défaut la volonté de puissance, il y a déclin. Ce que j'affirme, c'est que cette volonté *fait défaut* dans toutes les valeurs suprêmes de l'humanité, – que les valeurs de déclin, les valeurs *nihilistes*, règnent sous les noms les plus sacrés.

*L'Antéchrist, § 6 (1888).*

On ne dit pas « le néant ». À la place, on dit « l'au-delà », ou bien « Dieu », ou encore « la vie véritable », ou bien le nirvâna, le salut, la béatitude... Cette innocente rhétorique, qui rentre dans le domaine de l'idiosyncrasie religieuse et morale paraîtra beaucoup moins innocente dès que l'on comprendra quelle est la tendance qui se drape ici dans un manteau de paroles sublimes : l'inimitié à l'égard de la vie.

*L'Antéchrist, § 7.*

La notion chrétienne de Dieu (...) est une des notions de Dieu les plus corrompues qu'on ait atteintes sur terre. (...) Dieu dégénéré en antithèse de la vie au lieu d'être sa transfiguration et son *oui* éternel ! En Dieu l'hostilité déclarée à la vie, à la nature, au vouloir-vivre !

Dieu, formule de toute calomnie de l'« en-deçà », de tout mensonge de l'« au-delà »!

*L'Antéchrist, § 18.*

On a inventé la notion « Dieu » qui est une antinomie de la vie (...) On a inventé une notion d'« au-delà », une notion de « vrai monde », pour dévaloriser le seul qu'il y ait, pour ne plus laisser ni but, ni raison, ni devoir à notre réalité terrestre! (...) On a remplacé la santé par le « salut de l'âme » (...) On a inventé une notion de « péché », avec un appareil de torture complémentaire, le « libre arbitre », pour égarer les instincts, pour faire de la méfiance à leur égard une seconde nature! Par la notion du « désintéressement », du « renoncement à soi-même », on a fait de l'attrait du nocif, de l'incapacité à discerner son propre intérêt, de l'autodestruction en un mot, le « devoir », la « sainteté », la « divinité » de l'homme!

*Ecce homo, Pourquoi je suis un destin, VIII.*

Je considère le christianisme comme la plus néfaste des séductions... *le grand mensonge* et *le blasphème par excellence.*

*La volonté de puissance (Bianquis), I, § 433.*

Je vous en conjure, ô mes frères, demeurez fidèles à la terre et ne croyez pas ceux qui vous parlent d'espérance supraterrestre. Sciemment ou non, ce sont des empoisonneurs. Ce sont des contempteurs de la vie, des moribonds, des intoxiqués dont la terre est lasse : qu'ils périssent donc ! Blasphémer Dieu était jadis le pire des blasphèmes, mais Dieu est mort, et morts avec lui ses blasphémateurs. Désormais le crime le plus affreux, c'est de blasphémer la terre et d'accorder plus de prix aux entrailles de l'insondable qu'au sens de la terre.

*Ainsi parlait Zarathoustra, Prologue, 3.*

La préoccupation de soi-même et de son « salut éternel » n'est pas l'expression d'une nature riche et sûre de soi ; celle-là ne se soucie guère de savoir si elle sera sauvée, elle ne s'intéresse pas tant que cela au bonheur sous quelque forme que ce soit, elle est force, action, désir.

*La volonté de puissance (Bianquis), III, § 405.*

*En proposant de substituer à la religion sa doctrine de « l'éternel retour », Nietzsche met paradoxalement en place une nouvelle sotériologie, une spiritualité laïque, une sagesse pour les athées. Le sens de la doctrine de l'éternel retour, qui n'est pas une description du cours du monde ni un « retour aux Anciens », est de fournir un critère, enfin terrestre, d'évaluation : un principe de sélection des instants de nos vies qui méritent d'être vécus et de ceux qui ne le méritent pas.*

Si, dans tout ce que tu veux faire, tu commences par te demander : « Est- il sûr que je veuille le faire un nombre infini de fois ? », ce sera pour toi le centre de gravité le plus solide (...) Voici l'enseignement de ma doctrine : « Vis de telle sorte que tu doives souhaiter de revivre – c'est le devoir – car tu revivras en tout cas ! Celui dont l'effort est la joie suprême, qu'il s'efforce ! Celui qui aime avant tout le repos, qu'il se repose ! Celui qui aime avant tout se soumettre, obéir et suivre, qu'il obéisse ! Mais qu'il sache bien où va sa préférence, et qu'il ne recule devant aucun moyen ! Il y va de l'éternité ! » Cette doctrine est douce envers ceux qui n'ont pas foi en elle. Elle n'a ni enfer ni menaces. Celui qui n'a pas la foi ne sentira en lui qu'une vie fugitive.

*Volonté de puissance (Bianquis), IV, § 242-244.*

Que serait-ce si, de jour ou de nuit, un démon te suivait dans la plus solitaire de tes solitudes et te disait : « Cette vie, telle que tu la vis actuellement, telle que tu l'as vécue, il faudra que tu la revives encore une fois, et une quantité innombrable de fois ; et il n'y aura en elle rien de nouveau, au contraire ! il faut que chaque douleur et chaque joie, chaque pensée et chaque soupir, tout l'infiniment grand et l'infiniment petit de ta vie reviennent pour toi, et tout cela dans la même suite et le même ordre – et aussi cette araignée et ce clair de lune entre les arbres, et aussi cet instant et moi-même. L'éternel sablier de l'existence sera retourné toujours à nouveau – et toi avec lui, poussière des poussières ! » Ne te jetterais-tu pas contre terre en grinçant des dents et ne maudirais-tu pas le démon qui parlerait ainsi ? Ou bien as-tu déjà vécu un instant prodigieux où tu lui répondrais : « Tu es un dieu, et jamais je n'ai entendu chose plus divine ! » Si cette pensée prenait de la force sur toi, tel que tu es, elle te transformerait peut-être, mais peut-être t'anéantirait-elle aussi ; la question « veux-tu cela encore une fois et une quantité innombrable de fois », cette question, en tout et pour tout, pèserait sur toutes tes actions d'un poids formidable ! Ou alors combien il te faudrait aimer la vie, que tu t'aimes toi-même pour ne plus désirer autre chose que cette suprême et éternelle confirmation !

*Le gai savoir, IV, § 341.*

Avez-vous jamais dit oui à une joie ? Ô mes amis, alors vous avez dit oui à toute douleur. Toutes les choses sont enchaînées, enchevêtrées, liées par l'amour – avez-vous jamais voulu que ce qui a eu lieu une fois ait lieu deux fois, avez-vous jamais dit : « tu me plais, bonheur ! instant, reste ! » – alors vous avez voulu en même temps que tout revienne ! – Que tout soit à nouveau, éternel, enchaîné, ligoté, lié d'amour, oh, c'est ainsi que vous avez aimé le monde, – vous, éternels, vous l'aimez de tout temps et pour l'éternité : et même à la douleur vous dites : passe, mais reviens ! *Car toute joie veut l'éternité !* (...) Hommes supérieurs, apprenez donc ceci, la joie veut l'éternité, – la joie veut l'éternité de *toutes* choses, *veut la profonde, profonde éternité !*

*Ainsi parlait Zarathoustra, Le chant d'ivresse, 10-11.*

Imprimons sur notre propre vie le sceau de l'éternité ! Cette pensée est plus lourde de contenu que toutes les religions qui méprisent cette vie comme fugitive et qui nous ont appris à regarder vers une *autre* vie mal définie.

*La volonté de puissance (Bianquis), IV, § 59.*

*Nietzsche renoue ainsi paradoxalement avec une intuition profonde des sagesses antiques, pour lesquelles la vie bonne est celle qui parvient à vivre l'instant sans référence au passé ni à l'avenir, dans le sentiment accompli qu'il n'y a plus de différence entre le présent et l'éternité. Il s'agit alors de ne rien vouloir d'autre que ce qui est, d'espérer un peu moins, de regretter un peu moins et d'aimer un peu plus. Si nous vivions selon le critère de l'éternité, si nous nous trouvions enfin dans le grand style, dans l'intensité la plus haute, tout nous serait bon. Telle est la doctrine de « l'amor fati », qui culmine dans l'idéal d'une déculpabilisation totale – « l'innocence du devenir », qui est la version nietzschéenne de la victoire sur la peur de la mort.*

Ma formule pour ce qu'il y a de grand dans l'homme est *amor fati* : ne rien vouloir d'autre que ce qui est, ni devant soi, ni derrière soi, ni dans les siècles des siècles. Ne pas se contenter de supporter l'inéluctable, et encore moins de se le dissimuler – tout idéalisme est une manière de se mentir devant l'inéluctable –, mais l'*aimer*.

*Ecce Homo, Pourquoi je suis si sage.*

Un tel esprit *affranchi* se dresse au centre de l'univers avec un fatalisme joyeux et confiant, avec la *conviction* profonde que seul l'individuel est condamnable, mais que tout sera sauvé et réconcilié dans la Totalité, *il ne dit plus non*... Mais une telle foi est la plus haute de toutes les fois pos sibles : je l'ai baptisée du nom de *Dionysos*

*Crépuscule des idoles, flâneries inactuelles, § 49.*

Une *philosophie expérimentale* comme celle que je vis commence par supprimer, à titre d'expérience, jusqu'à la possibilité du pessimisme absolu (...) Elle veut bien plutôt parvenir à l'extrême opposé, à une *affirmation dionysiaque* de l'univers tel qu'il est, sans possibilité de soustraction, d'exception ou de choix. Elle veut le cycle éternel :

*et Picasso n'étaient pas passés par là ! Le XXᵉ siècle ne peut pas être mis entre parenthèse. Le défi de l'humanisme contemporain est de penser la transcendance en nous (celle de la liberté) et hors de nous (celle des valeurs) sans retomber sous les coups de la généalogie et de la déconstruction matérialistes. Il est aussi de réinvestir, sur la base de cet humanisme non métaphysique, l'ancienne problématique de la sagesse. Une nouvelle conception humaniste du salut se dessine, qui n'est plus celle des Lumières, de Voltaire et de Kant, du droit et de la raison, mais plutôt celle de la transcendance de l'autre et de l'amour. Elle se relie toutefois à la tradition en se référant à l'exigence de la pensée élargie comme à l'idée d'une sagesse de l'amour.*

*Opposée à « l'esprit borné », l'idée de « pensée élargie » désigne une exigence de l'esprit critique, la contrainte argumentative consistant à se mettre à la place d'autrui pour comprendre son point de vue. Elle permet aussi d'esquisser une nouvelle façon de répondre à la question du sens de la vie. S'humaniser, c'est élargir l'horizon en acceptant de décentrer sa perspective initiale, de s'arracher au cercle limité de l'égocentrisme pour enrichir ses propres vues. Comme le souligne Kant dans l'une de ses dernières œuvres, la problématique du dépassement de l'égoïsme ne se réduit pas au seul registre de la morale. Hugo donne à la même conviction la force de la poésie.*

À partir du jour où l'homme commence à s'exprimer en disant Je, il met partout au premier plan, dès qu'il en a la possibilité, son cher Moi (...) L'égoïsme peut contenir trois sortes de prétentions : celles de l'entendement, du goût et de l'intérêt pratique, c'est-à-dire qu'il peut être logique, esthétique ou pratique. *L'égoïste logique* considère qu'il n'est pas nécessaire de mettre son jugement à l'épreuve de l'entendement des autres hommes, exactement comme s'il n'avait aucunement besoin de cette pierre de touche. En fait, ce moyen de nous assurer de la vérité de notre jugement nous est si certainement indispensable que peut-être est-ce là la raison principale pour laquelle le monde des savants réclame avec tant d'insistance la *liberté d'écrire* : refuser en effet cette liberté, c'est en même temps nous priver d'un moyen important pour tester la justesse de nos propres jugements, et cela équivaut à nous mettre à la merci de l'erreur. (...) L'*égoïste esthétique* est celui qui se satisfait d'emblée de son propre *goût* (...) Il se prive lui-même de la possibilité d'accomplir le moindre progrès vers le meilleur en s'isolant dans son jugement, en s'applaudissant lui-même et en ne cherchant qu'en lui seul la pierre de touche du beau dans l'art. Enfin l'*égoïste moral* est celui qui rapporte toutes les fins à soi, qui ne voit d'utilité que dans ce qui lui est utile, et peut même, *eudémoniste* qu'il est, ne donner pour principe déterminant à sa volonté que l'utilité, que le bonheur personnel, et non pas la représentation du devoir. (...) À l'égoïsme, on ne peut opposer que le *pluralisme*, c'est-à-dire la manière de penser qui consiste à se considérer et à se comporter, non comme si l'on détenait en soi la totalité du monde, mais comme un simple citoyen du monde.

*Emmanuel Kant – Anthropologie du point de vue pragmatique, § 2, De l'égoïsme. (1798).*

Booz était bon maître et fidèle parent
Il était généreux quoi qu'il fut économe
Les femmes regardaient Booz plus qu'un jeune homme
Car le jeune homme est beau, mais le vieillard est grand...
Le vieillard qui remonte vers la source première
Entre aux jours éternels et sort des jours changeants

Nous autres Indiens, immigrés de l'Inde (...) menions pour l'essentiel des vies ritualisées et n'étions pas encore capables de l'auto-évaluation nécessaire pour commencer à apprendre. (...) À Trinidad, où, nouveaux arrivants nous formions une communauté désavantagée, cette idée d'exclusion était une sorte de protection qui nous permettait, pour un moment seulement, de vivre à notre manière et selon nos propres règles, de vivre dans notre propre Inde en train de s'effacer. D'où un extraordinaire égocentrisme. Nous regardions vers l'intérieur ; nous accomplissions nos journées ; le monde extérieur existait dans une sorte d'obscurité ; nous ne nous interrogions sur rien.
[...]

Mais quand {mon premier livre, consacré à l'île} a été terminé, j'ai eu le sentiment que j'avais tiré tout ce que je pouvais tirer de mon île. J'avais beau réfléchir, aucune autre histoire ne me venait. Le hasard est alors venu à mon secours. Je suis devenu voyageur. J'ai voyagé aux Antilles et j'ai bien mieux compris le mécanisme colonial dont j'avais fait partie. Je suis allé en Inde, la patrie de mes ancêtres, pendant un an ; ce voyage a brisé ma vie en deux. Les livres que j'ai écrits sur ces deux voyages m'ont hissé vers de nouveaux domaines d'émotion, m'ont donné une vision du monde que je n'avais jamais eue, m'ont élargi techniquement.

*V.S. Naipaul – Comment je suis devenu écrivain, Deux mondes : discours de réception du prix Nobel, novembre 2001.*

*L'expérience de la pensée élargie peut être rattachée à la notion de singularité, qui réalise la synthèse du particulier et de l'universel : en m'arrachant à moi-même pour comprendre autrui, en élargissant le champ de mes expériences, je me singularise puisque je dépasse le particulier de ma condition d'origine pour accéder, sinon à l'universalité, du moins à une prise en compte chaque fois plus large et plus riche des possibilités qui sont celles de l'humanité tout entière. Dans la mesure où c'est la dimension de la singularité qui, à l'exclusion des autres, est l'objet principal de nos amours, il est permis de considérer l'amour comme le point d'aboutissement d'une sotériologie humaniste. Nous n'aimons jamais le particulier en tant que tel, jamais non plus l'universel abstrait et vide : tel est déjà le message de ces textes fameux dans lesquels Pascal dénonce l'échec de l'amour qui ne s'attache qu'aux qualités extérieures de l'être aimé – beauté, force, humour, intelligence, etc. Pascal met en évidence le fait que les qualités particulières sont abstraites, en ce sens qu'on pourrait aussi bien les retrouver chez n'importe qui d'autre. Si l'on s'en tient aux qualités particulières générales, il est vrai qu'on n'aime jamais personne. Seule la singularité, qui dépasse à la fois le particulier et l'universel, peut être objet d'amour.*

Il n'aime plus cette personne qu'il aimait il y a dix ans. Je crois bien! Elle n'est plus la même, ni lui non plus. Il était jeune et elle aussi; elle est tout autre. Il l'aimerait peut-être encore, telle qu'elle était alors.

*Blaise Pascal – Pensées, 123.*

*Qu'est-ce que le moi?* Un homme qui se met à la fenêtre pour voir les passants; si je passe par là, puis-je dire qu'il s'est mis là pour me voir? Non : car il ne pense pas à moi en particulier. Mais celui qui aime quelqu'un à cause de sa beauté l'aime-t-il? Non : car la petite vérole, qui tuera la beauté sans tuer la personne, fera qu'il ne l'aimera plus. Et si on m'aime pour mon jugement, pour ma mémoire, m'aime-t-on moi? Non, car je puis perdre ces qualités sans me perdre moi-même. Où donc est ce moi s'il n'est ni dans le corps ni dans l'âme? Et comment aimer le corps où l'âme sinon pour ces qualités, qui ne sont point ce qui fait le moi, puisqu'elles sont périssables? Car aimerait-on la substance de l'âme d'une personne abstraitement, et quelques qualités qui y fussent? Cela ne se peut, et serait injuste. On n'aime donc jamais personne, mais seulement des qualités. Qu'on ne se moque donc plus de ceux qui se font honorer pour des charges et des offices, car on n'aime personne que pour des qualités empruntées.

*Blaise Pascal – Pensées, 323.*

# Index alphabétique

Photocomposition C*MB* Graphic
44800 Saint-Herblain

Achevé d'imprimer sur les presses de

LTV

LA TIPOGRAFICA VARESE
Società per Azioni

Italie

707899 - (I) - (15) - OSB-A - 80g - CMB - EDO

Dépôt légal : août 2009

Imprimé en Italie